七夕の夜におかえり

三萩せんや

河出書房新社

七夕の夜におかえり

Welcome back on the
night of tanabata

いま死んだ　どこへもいかぬ　ここにおる　たずねはするな　ものはいわぬぞ

一休禅師

プロローグ

うつむく視線の先に、ピンク色の花びらが舞っていた。

気づけばそれは一片《ひとひら》だけではない。風がそよぐたびに大量に散り、灰色の地面を染めていく。花びらに導かれるように視線を上げると、そこには桜の大木が聳《そび》えている。かなりの老木のため幹は太く木肌はゴツゴツと粗いが、枝ぶりは若々しい。伊織《いおり》の頭上を覆うように伸びたその先には満開の花が咲いている。盛りを過ぎ、あたり一面に桜吹雪を起こしていた。

東京とそれほど距離の離れていないこの町では、海から遠く標高が高いためか、桜の開花は比較的遅い。すでに四月の半ばを過ぎている。

そんな桜を見上げて、小学一年生になったばかりの伊織は思わず歯を食いしばった。

大人たちに連れられてやってきたが、やっぱりここは好きじゃない。早く離れたい。

広い駐車場の片隅に立つ桜の木の下でそう思いながら、足元の小石を蹴飛ばした。

「伊織――」

そのとき背後から声をかけられた。

振り返ると、そこには三つ歳上の幼なじみ・聡士《さとし》の姿があった。

小さな身体に真っ黒のズボン、白いシャツを着ている。肩で息をしているのは、いきなり外に飛び出した伊織が心配になり追いかけてきたからだろう。

歳上とはいっても三歳差だが、大人びた聡士を伊織の両親も信頼している。だから急に出ていった娘を彼に任せたに違いない。

伊織もこの少年が大好きだった。優しくて、そばにいると安心できる。両親の言葉には幼い反抗心が湧いてしまっても、彼の言葉なら素直に聞くことができた。

「一緒に戻ろう。みんな待ってる」

伊織の険しい表情を見て聡士がボソリと言う。

いつもなら素直に従ったことだろう。

しかしこのときの伊織はふたたび足元に視線を落とし、その身体を硬くするだけだった。


伊織が来ていたのは火葬場だった。

午前中に葬式を済ませ、そのまま親戚一同、車に乗ってやってきたのである。

ついこの間まで元気だった伊織の祖父が一昨日急死したからだ。『しんきんこうそく』などと大人たちは言っていたが、幼い伊織には意味が分からない。

分かるのは、大好きだった祖父が突然いなくなったということ。

そしてどうやら、もう会うことも話すこともできないということだ。

伊織の両親は二人とも働いている。日中家にいないので、自然と祖父が伊織の面倒を見ることが多かった。躾《しつけ》に厳しかったし、流行《はや》っているアニメの話にもついてきてくれない。出してくれるおやつもおせんべいやお饅頭《まんじゅう》など地味なものばかりだ。たまには生クリームたっぷりのケーキが食べたかった。母親に甘えている友達を羨《うらや》ましく感じたこともある。

それでも伊織はそんな祖父が大好きだった。

分からない宿題があると一緒になって考えてくれる。

友達とケンカしたときは伊織の言い分をひたすら聞いてくれる。

寒い冬の日、布団に一緒に横になって絵本を読んでくれる。

冷たい伊織の脚を自分の脚に挟んでくれる。

荒れた肌はゴツゴツとしていて痛かったけど、その温《ぬく》もりが大好きだった。

そんな祖父がいなくなってしまった。

そして、抜け殻となった身体が火葬場で焼かれようとしている。

それが伊織には耐えられなかった。

「あんなとこ、戻りたくない。おじいちゃんに会いたい！」

振り向いた伊織は聡士に向かって叫んだ。

死んじゃったのは分かってる。もう会えないのも分かってる。

でも受け入れたくない。

思わず聡士を責めるような口調になったのは、その気持ちが口をついて出たからだ。

言った瞬間、それまで我慢していた涙が伊織の目に浮かび頬《ほお》を流れた。

拭っても拭ってもとめどなく溢れてくる。

「そうだね。僕もじいちゃんに会いたい」

聡士はそんな伊織の言葉を、ただ静かに受け止めてくれた。

ポケットからハンカチを取り出して伊織の涙を拭いてくれる。

聡士にとっても伊織の祖父は特別な存在だった。

家が近所で、両親同士の仲も良い。歳が近い幼なじみで兄妹のように育った二人はお互いの家に入り浸っていた。一人っ子の伊織の家に男の子はいない。自然と祖父は聡士を可愛がるようになった。祖父にとっても聡士は孫のような存在だったのだろう。

実際、何かにつけて祖父に質問を浴びせる聡士の姿は、完全に家族のようだった。はたから見たら、孫息子が実の祖父に甘えているとしか思えなかっただろう。

今、聡士は混乱する伊織を受け入れようとしてくれている。

小さな伊織もその優しさに気づいていた。

気づいていたけれど、哀しみと怒りと混乱で素直になれなかった。

「おじいちゃんはどこにいるの？　ねえ？　おじいちゃんのところに連れてって！」

思わず無茶な言葉が伊織の口から出る。

聡士を困らせてやりたくなったのだ。

ところが、目の前の幼なじみは意外なことを言い出した。

「じいちゃんは、すぐそばにいるよ」

「え？　でも、燃やされちゃったら、おじいちゃんいなくなっちゃうよ。どうやって会うの？」

「それは――」

伊織の言葉に聡士が珍しく考え込んだ。

疑問をぶつけると彼はいつも答えてくれる。三歳しか離れていないけれど、他の子どもとは違う。彼は何でも知っているのだと伊織は思っていた。だから、彼にも答えに迷うことがあるとは思ってもいなかった。

聡士らしくはないが、哀しむ伊織を慰《なぐさ》めようと口から出まかせを言ったのだろう。

そう思った瞬間、伊織の中に急に怒りが込み上げてきた。

大人たちみんな嫌いだ。

子どもだと思って適当にあしらってくる。『仏さまになったんだよ』『いつでも見守ってくれているよ』『だからしっかりしなきゃいけないよ』そんな風に並べられた綺麗事に、伊織は幼い心を傷つけられていた。

「あ」

不意に、聡士が伊織の向こう側を見つめて声を上げた。

何かと思って伊織は彼の顔を見上げる。

聡士の視線の先には、伊織が飛び出してきた火葬場があった。山中にあるこの火葬場は古く、施設には高い煙突がついていた。その煙突から煙が出ている。

「あの煙がじいちゃんだよ」

火葬場から空へと立ち昇る一筋の煙。

白から黒く変わっていくそれを見つめながら、聡士は伊織に淡々と言った。

「おじいちゃん、煙になっちゃったの？」

「うん。そしてあの煙は、空気に溶けるように薄く薄く拡がっていく。すぐに見えなくなってしまう」

「消えちゃうの？」

「見えなくなることは、消えることと同じじゃないんだよ」

「見えなくなっても消えるわけじゃない？」

「そう。だからじいちゃんもきっと消えてない。じいちゃんはこの世界のいろんなところに残り続けてるって、僕は信じてる」

「……」

また適当なことを言って誤魔化しているのかもしれない。駄々をこねる伊織を宥《なだ》めて、とりあえず火葬場に連れ戻そうとしているだけなのかもしれない。

しかし、聡士の目は真剣そのものだった。

「よく分かんない。でも消えてないなら、またおじいちゃんに会えるってこと？」

「うん。会えるよ」

聡士は言った。

はっきりと。伊織の目をまっすぐに見つめて。

「きっと会える。僕がいつかきっと会わせてみせる」

確信に満ちた彼の目は、幼い伊織がそうと信じるには十分な証《あかし》だった。慰めるために適当に言っているのではない。彼が言うなら、きっとまた祖父に会えるのだと思えた。

伊織はグイッと涙を手の甲で拭い笑顔になる。

「うん。じゃあ待ってる。ずっと、待ってるね」

すると聡士は、十歳とは思えぬ視線を伊織に向けて言った。

「うん。必ず。約束だ」

二人を包み込むように立つ桜の枝が揺れている。

ゴツゴツとした幹。対照的に繊細な花。

それはまるで、伊織と聡士の会話を静かに聞いている亡き祖父のようだった。

パスワードⅠ

password 1

1

「それじゃあまたね！」

「うん、バイバイ！」

クラスメイトたちと大学の正門前で別れた小川《おがわ》伊織は、彼女たちの背を見つめながら振っていた手を下ろした。

ちょうどお昼を過ぎたところだ。彼女たちはこれから一緒にランチを食べ、そのままカラオケに行くという。今日で前期試験はすべて終わり、溜まったストレスを歌って発散するのだろう。

『伊織も一緒にどう？』と誘われたが、試験明け早々にバイトを入れてある。地方出身者は独り暮らしのため何かと辛い。学費やマンションの家賃などは親が面倒をみてくれているが、それほど余裕のない小川家では、それ以外の費用は自分で賄《まかな》えというのが決まりだった。

六月の最終週から始まった前期試験はかなり大変だった。出席日数は足りていたものの、苦手な必須科目も多かったし、専門科目のレポートにも苦しめられた。伊織だってストレスは溜まっていたがカラオケに行く暇はない。

家に帰って昼食を食べたらすぐにバイトだ。

繁華街に向かう友達を尻目に、伊織は独りで駅に向かった。


大学の最寄《もより》駅から電車で五駅。下りの急行に揺られた先に伊織の住むマンションはある。

駅を出てコンビニで昼食を買った。それほどお腹は減っていないので、サンドイッチひとつと野菜ジュースだけ。それをトートバッグの中に放り込んで歩きはじめる。

入学の直前、比較的大学に近いマンションを見つけることができた。予算と最低限の希望の間取りを伝えたところ、不動産会社の営業担当が紹介してくれたのだ。

築年数は古いし駅から徒歩二十分という立地だったが、おかげで希望どおりの広さだった。昔よく走っていたので脚には自信がある。友達は長く歩くのをとても嫌がるが、二十分の道のりなど伊織にとっては大した距離ではない。雨の日だろうが炎天下だろうが、苦もなく通学できていた。

しかし身体の強さと気持ちは別だ。

気分が減入っているときはこの距離がやけに遠く感じる。いつもは忙しくすることで忘れていることに、年に数回、どうしても頭の中心を占領されることがあるのだ。そんなとき、伊織は身体の重さに抗《あらが》うことができない。ただその状態が過ぎるのを待つしかなかった。

不動産会社が二十分とアピールしていた道のりは、本当は三十分、ゆっくり歩けばもっとかかる距離である。この日の伊織はさらに長い時間をかけて歩いた。ようやくマンションが見えてくる。

ポケットのスマートフォンを見ると誰からもメッセージは入っていない。待ち受け画面には午後二時と出ている。サンドイッチを食べて自転車に乗れば、三時からのバイトには余裕で間に合うだろう。

独り暮らし当初からやっているバイトはファミレスの厨房《ちゅうぼう》スタッフだった。マニュアル化された仕事は大変だったが、一度覚えてしまえば機械的にこなせるし、なにより客を相手に笑顔を作る必要がない。一日七時間、週三回。ひたすら手を動かし続けていればいい。余計なことを考えなくて済むのは好都合だ。

バイト前にシャワーを浴びてさっぱりしたかったが、なんだかそれも面倒な気がする。

そんなことを思いながら、伊織はマンションのエントランスに入り郵便受けをチェックする。とそこで、大量の広告チラシやダイレクトメールに交じって手書きの封筒が入っているのを見つけた。

「お母さん……」

送り主は実家の母・亜希子《あきこ》だ。

メールを送れば一瞬で届く時代に、わざわざ手紙を郵送してくるなど珍しい。それもこれも貰ったメールを何日も確認せず、電話に出ても適当な返事をしていた自分のせいだろう。

そしてこの時期に送ってくる手紙だ。内容は読まずとも分かっている。

伊織は大きなため息をつきながら、手紙をバッグの中に放り込んだ。


夜十時半。

ようやくバイトを終えた伊織は、自転車でマンションに帰ってきた。

七月に入って蒸し暑さが増していたが、まだ梅雨《つゆ》は明けていない。この日も暗くなってからシトシトと雨が降ってきた。傘を持ってくるのを忘れたが、これくらいの雨脚なら自転車でも大丈夫だろうと、伊織は霧雨《きりさめ》の中、バイト先から自転車を走らせてきたのである。

駐輪場に自転車を入れてエレベーターで上がり、四階の自室の扉を開ける。

真っ暗で誰もいない部屋。

スイッチを押すと、ＬＥＤの青白い光が室内全体を浮かび上がらせた。

大学に入るまでずっと田舎の一軒家で過ごしていたから、都心のマンションはいまだに慣れない。何より帰ってきたときに迎えてくれる人がいないのは心細かった。

「ただいま……」

あえて口に出して言ってみる。もちろん応えてくれる声はない。

試験が終わり、明日から長い夏休みだ。

去年と同じようにバイト三昧《ざんまい》で夏が終わるのだろう。それほど仲のいい友達もいない。バイトか、勉強か、無料動画アプリをひたすら観るか。とにかく何かをしていなければ気が滅入る。何かを見つけなければ――

とはいえ今日は試験とバイトで疲れ果てた。

食事はバイトの賄いで済ませている。今夜はすぐに寝られるだろう。とりあえず雨に濡れたTシャツとジーンズが気持ち悪い。後ろでまとめただけの髪もベトついている。なおざりなメイクを落としてシャワーを浴びなければならない。

そう思って、とりあえず小さな荷物をリビングのコーヒーテーブルの上に置いたときだった。

学校から帰ってきた際に郵便受けで見つけた手紙がテーブルの上に転がっている。亜希子から送られてきた手書きの封筒だった。

ここまでしてくれたものを、広告チラシのように捨てるわけにはいかない。伊織は保留にしていた手紙を取り上げると、封筒の上をむしり取る。中には数枚の便箋と紙片が入っていた。

駆け足で亜希子の手紙に目を通す。

「やっぱ、帰らなきゃかな……」

一緒に入っていた紙片を摘《つま》みながら伊織は思わずつぶやいた。

手紙には、上京してからの二年半、一度も実家に帰ってこない娘に帰省を促す言葉が綴られていた。今年のお盆には帰ってこい、と。

電子でなんでも手配できるこの時代に、ご丁寧に列車の特急券まで用意されている。しかも日時が決められた指定席だ。

バイトが忙しいとか、お盆の帰省ラッシュでもみくちゃにされたくないとか、体《てい》のいい言い訳をつけて、この時期をやり過ごせると伊織は思っていた。

しかし亜希子はそんな考えを見越したのだろう。メールや電話をしてもまともに取り合わない娘に業を煮やし、強硬手段に出たわけだ。

少し腹が立ったが、母の気持ちもよく分かる。

祖父・小川恒春《つねはる》の十三回忌、そして成人式にすら、授業が忙しいとかバイト先が人手不足だとか、体《てい》のいい理由をつけて帰らなかったのだ。

この夏はバイトのシフトをすでに目いっぱい入れている。だが、店長に事情を話せば変更してくれるだろう。バイト先に人手は足りていて、申請しさえすればいつでも休める。

「さすがに、もう許してくれないか」

特急券を見つめながら、伊織はそうつぶやいた。

伊織が二年半の間で一度も帰省しなかったのは偶然ではない。

帰りたくなかったから帰らなかったのだ。

地元には、忘れようとした〝ある事実〟が待っている。帰れば、嫌でも直視させられることになる。思い出したくないことを思い出してしまう。

この日は、この日からの夏の日々は、今年も伊織を苦しめる。

今日、七月七日は七夕《たなばた》だ。地元ではこの日から夏祭りの準備が開始され、お盆にメインのイベントが開かれる。

小さい頃から毎年楽しみにしていたし、三年に一度の〝大祭〟は町を挙げての大騒ぎだ。

しかしあの日から、この夏の楽しみは伊織を苦しめるだけの催しになってしまった。

ゆえに、いくら誘われても行く気がしない。

毎日の忙しさを理由に、帰省を促されても断り続けていたのだ。

しかし今年はあの日以来の〝大祭〟だ。地元の人間として、これに参加しないことは許されない。すべてに優先されるべき一大イベントなのである。

それに――

伊織は思わず窓を開けて小さなベランダに出た。

頭上には重苦しい梅雨の夜空が広がっている。細かな雨が伊織の身体にまとわりついてくる。

七夕なのに天の川は見られない。

織姫《おりひめ》と彦星《ひこぼし》は、今年も会えなかったことだろう。

息苦しさを覚えて、伊織は現実から逃避するように田舎の景色を頭に描いた。

抜けるような青空。

うるさいほどの蟬《せみ》の声。

大好きな山と川。

そしてよく知る人たちの笑顔。

「帰るか――」

伊織は梅雨空の奥にある天の川を想像しながら、力なくそうつぶやいた。

2

「あ、涼しい……」

駅を出ると同時に伊織は思わず独り言《ご》ちた。

ガラガラと引いていたキャリーバッグを止めて深呼吸する。あたりには蟬の声が満ちていた。

車やバイクの走る音もなく、人の気配もなく、時折吹く風の音や木々の葉が揺れる音が涼やかに聞こえてくる。東京の都心と異なり緑が多いからだろう。吸い込んだ空気もどこかひんやりとしていた。

その清涼感に目を細めながら、一息入れた伊織は空の下に歩を進める。

東京ではジーンズ姿のことが多かったが、田舎の強烈な日差しに備えて、頭には帽子、服は薄手のワンピースにレギンスを合わせてきた。ファストファッションの安物だが、持っている服の中で一番涼しい。足元は楽なスニーカーだ。

改札の先、バスターミナルは閑散《かんさん》としている。というか他に乗客はいない。電車やバスよりも、自家用車で移動する者のほうが多い地域だからだ。

バスに乗り込んだ伊織は悠々と窓際の席に座る。発車の時刻になっても、他の客は一人も乗ってこなかった。

とっくに梅雨は明けて夏真っ盛りである。

目に沁みるほどに青い空、建物の代わりに生い茂る濃緑の草木――動き出したバスの窓から見える景色に伊織は目を細めた。息をして空気を吸うたびに、懐かしさが胸に満ちてくるようだ。

バスに揺られてしばらく、伊織は実家最寄りの停留所に降り立った。

関東とはいえ、東京からは数時間かかる山に囲まれた鄙《ひな》びた町だ。降り立った停留所の周辺にも民家がポツポツとあるだけで、草木や畑などの自然のほうがはるかに多い。

けれど、小さいながらも商店街が延び、あちらこちらで子どもたちが走り回る声が響く、活気に満ちた町でもあった。伊織が住んでいた頃——東京へと出てきた二年半前と何も変わっていないように見える。

それは伊織が生まれ育った実家も同じだった。

停留所から歩いて十数分。

視線の先にようやくその実家が見えてきた。

見覚えのある門の先に建つ年季の入った木造建築は、曾祖父の代から存在する遺物のような代物だ。たった数年では変わりようもないらしい。

大学入学以来、たまには顔を見せなさいという連絡を無視し続けてきた手前、門を潜るのが気まずい。

しかしここまで来ていて迷っている場合でもない。

伊織は実家にもかかわらず、お腹に少し力を入れて、カラカラと玄関の引き戸を開けた。

「ただいま……」

三和土《たたき》に入って小さな声を上げる。そこはどこかよそよそしく感じた。太陽の照り付ける昼下がりの道を歩いてきたためか、とても暗く感じる。

すると、玄関から長く延びた廊下の先に人影が現れた。

ようやく目が慣れてくる。その細いシルエットだけで母・亜希子だと分かった。父に似てスポーティーな体格の伊織とは異なり、亜希子は小柄で華奢《きやしゃ》だ。小花柄が浮いた涼しげな白地のワンピースを着て、伊織と同じように長い髪を後ろで一つにまとめている。台所に立っていたのか、エプロンで手を拭いていた。

すりガラスの玄関扉から光が入り逆光になっているため、どうやら亜希子は伊織だと気づいていないらしい。訝《いぶか》しげな表情を浮かべている。

「久しぶり」

そこで、伊織はもう一言つぶやく。

とたんに亜希子はバタバタと玄関に走り寄ってきた。

「伊織！『久しぶり』じゃないわよ。あんた、連絡もしないで！」

「うん、ごめん。直前まで忙しくてね」

先月七日、亜希子から帰省を促す手紙と列車のチケットが届いた。

その後何度もメールや電話を貰ったが、グズグズと明言を避け続け、そうして直前まで迷った挙句、今朝になって決意を固めたのだった。

そんな状況だったから、帰ることを亜希子にも伝えていない。

おそらく亜希子は、今年も帰ってはこないと諦めていたのだろう。突然現れた娘に心底驚いているようだった。

「連絡してもちっとも返事をくれないし。お母さん、心配だったんだよ。この夏にも会えなかったら東京に行こうと思ってたんだから……」

亜希子はそう言いながら伊織の頬にそっと触れる。

「うん。ごめんね。大学もバイトもいろいろ大変でさ」

納得させられるだけの理由が見つけられなくて、いつものように返事をボカす。

亜希子はひとしきり不義理な娘に詰め寄ったあと、すぐに態度を改めた。

「……まあいいわ。こうしてちゃんと帰ってきたんだし」

肩を軽く叩かれて家の中に促される。

「暑かったでしょう？　早く上がって麦茶でも飲みなさい」

亜希子の穏やかな言葉に、伊織はようやく靴を脱いだ。


伊織は二階の自室に荷物を置き、階下の居間へ向かう。

二年半の間、住人のいなかった伊織の部屋だけでなく、居間もほとんど変わっていない。畳の上の座卓には麦茶が用意されていた。グラスに浮かんだ水滴が汗のように滴り落ちる。

「久しぶりに帰ってきた気分はどう？」

「そんなに変わんないかな」

「帰ってくるの、別に大変じゃなかったでしょう？」

「いや、そうでもなかったけど」

亜希子の軽い愚痴を流しながら麦茶のグラスを口に運ぶ。

飲みながら亜希子をちらっと見ると、目じりの皺《しわ》が少し増えたような気がした。

こんな田舎に住んでいながら、お洒落には気を遣う人だ。伊織が小学校を卒業するまでは地元の農協で働いていたが、ここ数年は専業主婦である。にもかかわらず肌の手入れも化粧も、控えめながら丁寧に行っている。

しかしよく見れば髪にも白いものが増えていた。最後に染めたのはいつだろう。根元が白くなっている。ここ最近、ずいぶん苦労を掛けたのかもしれない。

「変わってないといえば、伊織もね」

伊織を見つめて、亜希子が口元に笑みを浮かべた。

「私？」

「都会に行ったら少しは大人っぽくなるかと思ったけど」

「そうかな？　私、けっこう変わったと思うけど……」

座布団に腰を下ろしたまま、伊織は「化粧もしてるし、喋《しゃべ》り方だって」と首を傾げる。着ている服も、高価なものではないが、こっちにいた頃より垢《あか》ぬけたものになっているはずだ。

だが亜希子は「そういうところじゃなくて」と苦笑した。

「雰囲気とか、あんまり変わってないから」

「それはお母さんの勝手な想像でしょ。お母さんこそ、全然変わってないじゃん」

「あら、それなら嬉しいわ」

真に受けたのかお世辞と分かっているのか、亜希子はクスクス笑っていた。

その様子を眺めながら、伊織は麦茶を飲みほす。火照《ほて》った身体に冷たい感触がひやりと染み込んでゆく。身体の中から不快感が洗い流されるようだ。

その後も亜希子に、東京での生活ぶりについて根掘り葉掘り訊《き》かれた。

大学のこと、バイトのこと、交友関係などなど。とはいえ電話などでも話していることである。さほど新しい話は出てこない。

「こっちにいる間、友達に会ったりするんでしょう?」

「ううん。別に約束もしてないし、会わないんじゃないかな。少しの間だしね。それにお盆中はみんな忙しいんじゃないの」

「そうなの？　もったいない。あんたの同級生の子たち、会いたがってたよ？　帰ってきたら教えてくださいって」

「同級生って、誰？」

「ナギちゃんとか、レンちゃんとか」

ああ、と伊織は彼女たちの顔を思い浮かべる。

保育園から高校まで同じ学校に通っていた子たちだ。家も近く親たちの仲もよかったので、小さい頃はよく一緒に遊んでいた。

そう、一緒に遊んでいた子がいたのだ。

彼女たちの他にも……ううん、それ以上に……


「そうそう」

伊織が幼い頃のことを思い出していると、亜希子が急に声のトーンを上げて言った。

「お父さん、いまお祭りの準備に行ってるの。まだ終わらないだろうし、あんたも顔出してきなさいな」

「なんで私が？」

「いいから！　ずっと参加してなかったんだから、ついでにみんなにしっかり挨拶してきなさい」

「……」

実家に着いて一息つくなり亜希子にそう促され、伊織は戸惑う。

都会と違って田舎の人間関係は濃密だ。町を歩けば知り合いばかりだし、家族ぐるみの交流も多い。町を挙げての年中行事も頻繁《ひんぱん》だ。

そして、今はお盆の時期。夏祭りが行われるのは全国的にも珍しくないが、この地域ではちょうど送り盆の行事として行われていた。

建設会社に勤める伊織の父・夏雄《なつお》は、その準備をしに行っているらしい。昔から夏祭りの実行委員なのだ。伊織が子どもの頃から変わっていないようだった。

「寺本《てらもと》さんたちもあんたに会いたがってたから、行っといで」

「え、でも――」

「ほらほら、さっさと行きなさい。差し入れ用意しといたから渡してね」

亜希子はそう言って、渋る伊織に強引に紙袋を押し付けた。

3

渡された紙袋を手に提《さ》げて、帰り着いて幾ばくも経たぬ実家の門を出る。近所にはコンビニの類もないので、他に持ってきたのはポケットに入れたスマホだけだ。

「さっそくか……」

伊織は歩きながらつぶやいた。

向かうのはこの町に多くの檀家《だんか》を持つ古い寺だ。

そして、亜希子が口にした『寺本さん』とはその住職と妻である。

この町で、伊織が幼い頃から家族以外で一番お世話になってきた人たち。

そして、いま一番会いたくない人たちだった。

由緒正しい歴史のあるその寺・法川寺《ほうせんじ》は町の外れにある。

山から続く清らかな渓流《けいりゅう》が近くを流れていて、この時期は都心では見かけない珍しいトンボが、さらに夜になれば蛍までも見られるような場所だ。この寺を中心にした川沿いの一帯が、毎年この町の夏祭りの会場になる。

そんな法川寺までの道のりには、すでに華やかな提灯《ちょうちん》飾りが案内のように吊るされていた。日差しの中で風に揺れるその飾りの下を伊織は歩いてゆく。

寺の山門には十五分ほどでたどり着いた。〝近所〟とはいえ東京の感覚とは違う。歩いて十五分はかかる距離が、民家のまばらな田舎の〝近所〟だ。

子どもの頃はもっと遠く感じたが、大人の足ではあっという間である。

「ここも変わってないな」

公道から一段高くなり周りを樹々に囲まれている。石段を上った先が法川寺だ。

広い境内《けいだい》には、すでに屋台のテントが脚を畳んだ状態で所狭しと設置されていた。

「あれ、伊織じゃないか!?」

並んだテントを前に、本堂前の開けた場所で伊織が周囲を見回していると、どこからともなく名前を呼ばれた。

「こっちだ、こっち！」

声に導かれてテントの間を捜すと、夏雄が手を振っている。よれよれのランニングシャツに仕事でも着ている作業ズボン。真っ黒に日焼けした首元にタオルを垂らしている。がっしりした体格は一際目立っていた。娘との再会に満面の笑みだ。

鐘撞堂《かねつきどう》の日陰で、何人かと輪になって座り込んでいた。どうやら祭りの準備も一段落し、しばしの休憩を取っていたようだ。

会釈をしながら伊織はそちらに足を向ける。

「おや、伊織ちゃん？　帰ってたんだ」

輪の中で背中を向けていた一人が振り向きざまに言った。

坊主頭に手ぬぐいを巻いた中年の男性である。

この法川寺の住職、寺本宗安《むねやす》だった。

「お久しぶりです、おじさん。実は、ついさっき帰ってきたところなんです。これ、母が皆さんに持っていけって」

言いながら、伊織は手にした紙袋から保冷バッグを取り出し、宗安に差し出した。

「なに？」と尋ねる夏雄に「キュウリの一本漬けだって」と答える。串に刺してあり食べやすい。休憩時間にぴったりだ。

「おお、これはありがたい。さすが亜希子さんだな。水分と塩分の補給にちょうどいい。皆さん、いただきましょう」

宗安のもとにゾロゾロと人が集まる。各々、棒に刺さったキュウリを手にすると、木陰で涼みながら齧《かじ》り始めた。

どの顔もよく知っている。法川寺の檀家の人たちだ。久々に会った伊織を見て「雰囲気変わったなあ」だとか「もう大学生なんだから当たり前だ」「綺麗になったね〜」と口々に勝手な批評を加えてくる。

伊織はそれらを微妙な苦笑で受け流した。

人々が木陰で涼む光景に、昔、伊織もよくキュウリを齧ったことを思い出す。思い返せば、東京に出てからは食べたことがなかった。


ひとしきり伊織に近況を訊いたあと、檀家の人たちは祭り準備の話題に戻っていった。

陽が沈むまではまだ時間がある。日曜日の今日のうちにある程度仕上げてしまいたいのだろう。

差し入れもしたし、亜希子から言いつけられた仕事は終わった。

その場の会話をなんとなく聞いていたが、もうここに用はない。

そう思い、境内に背を向けようとした矢先、伊織は宗安に呼び止められた。

「伊織ちゃん、よく帰ってきてくれたね」

まっすぐに伊織のほうを向き、口元には小さく笑みを浮かべていた。

他の者たちはすでに作業を再開させている。夏雄は檀家総代として、みなに指示を飛ばしていた。

「はい。ずっと来れなくてすみません。正直、まだ心の整理はついてないんですけど……」

「いいんだ。少しずつで。来てくれただけで嬉しいよ」

宗安はゆっくりうなずいてそうつぶやく。

そうして一拍置いたあと静かに言った。

「そうだ。うちのにも会ってやってくれるかい。もうすぐ買い出しから帰ってくるはずだから。それと、よかったら、あいつにも――」

「はい。そのつもりです。今、行ってきても？」

「もちろんだよ。ありがとう」

微笑《ほほえ》む宗安に頭を下げて、伊織はその場を離れた。

せっかくここまで来たのだ。

ずっと避けていたあそこに行こう。

この二年半、帰るに帰れなかった原因が眠るあの場所に――

それさえ済ませれば肩の荷が下りる。

本堂をグルリと回って向かったのは墓地だった。

夏の日差しに照らされて四角い墓石が整然と並んでいる。

その一角に、他より広い区画の墓があった。墓石の形や配置も異なるその墓は、寺族の墓――この法川寺の住職とその家族、つまり寺本家の墓である。

伊織はその墓の前で足を止めた。

墓石に付き従うように立つ墓誌の石板を見つめる。

三年近く前に刻まれた名前を目でなぞるも、心のどこかでは未だに信じられずにいた。

保冷バッグを入れてきた紙袋の中から、伊織は持ってきた線香を取り出す。それに火を点けて墓に供えると、墓石の前で手を合わせた。

目を閉じ、心を鎮《しず》める。

「ただいま、聡士君。遅くなって、ごめん……」

小さな声でそう謝罪し、伊織は目を開けた。

現実を確かめるようにふたたび墓誌を見る。

一番新しく刻まれた名前は『寺本聡士』。

寺本家の一人息子で、かつてはこの町で〝神童《しんどう》〟と呼ばれた少年。

しかし、どんなに学業が優秀で、その活躍によって町中の人がチヤホヤしても、伊織にとってはずっと兄のような存在だった。

いつもそばにいて、分からないことがあると教えてくれる。

大好きな祖父が亡くなったときも、駄々をこねる伊織を宥めてくれたのは、幼なじみの彼だった。

年の差は三つ。

その差を埋めたいと、早く追いつきたいと、幼い頃から思っていたものだ。

ずっと彼のあとを追い続けていた。

彼が亡くなった三年近く前までは……。

4

物心ついた頃から伊織のそばには聡士がいた。

伊織の亡き祖父が法川寺の檀家の取りまとめ役だったこともあり、小川家と寺本家は昔から家族ぐるみの付き合いをしていた。夏雄と宗安も、小・中学校の同級生である。その縁もあって、伊織は三年早く生まれた聡士とは兄妹のように育った。

そして聡士は、寺の一人息子として、幼なじみとして、そして血の繋がっていない兄として、非の打ち所のない少年だった。

学校では常にテストで満点を取り、走らせれば追いつける者はいないほど運動神経もよかった。大人たちとも物怖じせず会話ができ、面倒見がよく、友人だけでなく教師から頼られることも多かった。状況判断もいつも的確。だからだろう。共働きだった小川夫妻は、聡士に伊織を任せることも少なくなかった。それでも彼は、お守《も》りをさせられることに不満を零《こぼ》したりすることはなかったという。

今は亡き伊織の祖父も、そんな聡士を自分の孫のように可愛がった。本気か冗談か分からないが、ゆくゆくは伊織を寺本家に嫁がせようと、本人そっちのけで話していたくらいである。いま思えば、半ば本気だったのだろう。

しかし、勝手に盛り上がる家族たちとは裏腹に、伊織にとって彼はあくまでも〝兄〟だった。聡士も自分と同じで、祖父や両親が期待するような関係を考えたこともなかった。成長するにつれ、聡士は異性から慕われることも多くなったが、それも伊織には自慢であり、ヤキモチを焼いたりすることもなかった。

幼い伊織にとって、彼は自分を守ってくれる存在だった。

祖父が亡くなったときも、祖父に会わせると言って、破れそうになっていた伊織の心を守ってくれた。結局その約束は叶わなかったけれど、彼は本気だったのかもしれない。

まだ高校生だった頃に、聡士は国内有数の大企業にスカウトされた。

彼は狭い田舎でチヤホヤされるだけの優等生ではなく、世間が認めるような素晴らしい才能を持った少年だったのだ。

物心ついたときから当たり前のような存在が、どんどん自分の知らない世界に羽ばたいていく。

嬉しい反面、どこか実感が伴わない。

伊織にとって彼はいつまで経っても幼なじみであり兄だった。

自然な形でずっとそばにいられたのは、彼が大切な家族のような存在だったからだ。

ところが、そんな彼が突然命を落とした。

それを実感するのが辛くて、思い出がたくさん残っている地元の町にずっと帰ってこられなかった。

二年以上かけて、少しずつ心を整理してきた。

自分の身体の半分がなくなってしまったような感覚に、どうにか慣れようと頑張ってきた。

都会で忙しくしているうちに、思い出すことは少なくなっている。

だからこそ、もう大丈夫かもしれないと帰ってきたのだ。

そしてここまでの道中、心が揺れることは少なかった。

思い出すのは彼との楽しい思い出ばかりだった。

ところが、こうして墓の前に立つと否《いや》がおうでも生々しい記憶が蘇《よみがえ》る。

これ以上ここにはいられない。

「行くね……」

伊織はおもむろにそうつぶやいた。

応える声などない。分かっていながらも、あえて口に出すことで後ろめたさを断ち切ろうとする。伊織は墓に背を向けた。

さあっと風が吹いて、擦《こす》れ合った木々の葉が音を立てる。

うるさいくらい必死に鳴く蝉の声を聞きながら、足早に墓場をあとにする。

とそこで、静かな墓地には似つかわしくないスマホの着信音が鳴り始めた。

ポケットに手を伸ばしている間にもう一度鳴る。スマホの画面に現れた通知を見て、伊織は「あ」と声を漏《も》らした。

「凪《なぎ》？　漣《れん》？」

亜希子が先刻言っていた幼なじみたちからメッセージが届いたらしい。

内容を確認する。どうやら二人とも、伊織が帰ってきたと亜希子から連絡を受けたようだ。亜希子は帰省したら連絡が欲しいと言われていたらしいので、伊織が法川寺に向かったあと、すぐ二人に連絡したのだろう。

『こっちにはいつまでいるんですか？』

『みんなで飲み会しようよ』

凪と漣のメッセージに、伊織は『一週間』『飲み会いいね』と返信する。

成人式にも帰っていなかったため、幼なじみたちとお酒を酌《く》み交わす機会はなかった。けれど、飲みたくなかったわけではない。

『都合の悪い日あったら教えてください』という凪の質問に『いつでも大丈夫』と返信した。

彼女たちは久しぶりの再会にテンションが高くなっている。簡単な返信をするだけで、計画がどんどん進んでいった。

凪からの『お店の予約しておきます』『詳細決まったらまた連絡しますね』というメッセージに『ありがとう』と手短に返すと、伊織はスマホをポケットにしまった。


「伊織、もういいのか」

伊織が鐘撞堂まで戻ってくると、気づいた夏雄から声をかけられた。少なからず娘の心情を察して、案じてくれていたようだ。

「うん。お父さん、まだ帰らないよね？　私、先に帰ってるね。聡子《さとこ》おばさん、もう買い出しから戻ってきたかな」

「聡子さんなら、さっき戻ってたな」

「じゃあ――」

実の母親同然に可愛がってくれていた聡士の母・聡子にも挨拶しておきたい。

彼女に顔を見せてから帰ろうと思った伊織は、そこでふたたび宗安に声をかけられた。

「伊織ちゃん、ちょっと一緒に来てくれないか？　渡したいものがあってね」

「渡したいもの、ですか？」

「うん。渡さなきゃいけないもの、かな。庫裏《くり》に置いてあるんだ」

宗安とともに、伊織は庫裏――法川寺の住職一家が居住する建物へと向かった。

玄関の中へ入ると思わずため息が出る。

「変わってない……」

物心ついた頃から聡士が亡くなるまでの間、伊織はよくここに遊びにきていた。彼に勉強を教えてもらったり、同級生の友人にはできないような悩みや愚痴を聞いてもらったりもした。

それが、昨日のことのように蘇ってくる。

「あら、伊織ちゃん？　久しぶり！」

居間にいた聡子が伊織を見て驚いたような顔をしている。

「ご無沙汰してます。おばさん」

墓参りもしていなかったことが後ろめたく、伊織は小さく頭を下げた。

「ゆっくりしていってね」という聡子にお礼を言って、庫裏の奥に行った宗安を追いかける。

すると廊下の先から「これこれ」と言って宗安が戻ってきた。

「伊織ちゃん。これなんだけど」

袱紗《ふくさ》のような紫色の布で包まれた小さな何か。

戸惑っていた伊織の掌《てのひら》に宗安がそっと載せてくれた。

適度な重みのあるそれは、ゴツゴツしていて硬い。

受け取った伊織は首を傾げる。

「何ですか、これ？　開けてみても？」

「ああ、もちろん」

宗安の許可を得て布の包みを開く。

どこか記憶に刻まれた物体が見えてくる。

「スマホ……」

布に包まれていたのは一台のスマホだった。

画面が割れてボロボロだ。崩れ落ちていないのが不思議な状態である。

「これ、もしかして聡士君の……」

頭の片隅に残っていた記憶に伊織は目を見開いた。

重くてゴツゴツした特徴的なケースは、三年近く前に亡くなった聡士が最後に会ったときに手にしていたスマホに付けていたものだ。画面こそ割れてしまっているが、伊織はその姿形をよく覚えていた。米軍の規格に準拠した耐衝撃性が高いケースなのだと、聡士が力説していたことを思い出す。

「聡士に頼まれていたんだ。伊織ちゃんに渡してくれって」

「え？　頼まれてって……亡くなる前に、ですか？」

「そう。偶然だったのか、それとも——いや、もう考えても仕方ないことなんだけどね。もし自分に何かあったら君にこれを渡してほしい。絶対に他の誰にも渡さないでって、聡士がね」

「どうして……」

伊織は眉を顰《ひそ》めた。

理由が分からない。

確かにスマホにはあらゆる個人情報が詰まっている。

メール、写真、買い物やネット閲覧の履歴……

ある意味〝分身〟のようなところがある。形見としては嬉しい。

でも、壊れかけのスマホをどうして？

混乱しながらもスマホの電源ボタンを押してみる。

だが反応しない。

「壊れてる？」

「どうだろう。充電すれば使えるかもしれない」

「誰も試さなかったんですか？」

「当時もすでに電源が入らない状態だったからね。それに私がそれを使うのは、聡士が望んだことではないから」

「そう、ですか……」

「だから、あいつの望んだとおり、伊織ちゃんにちゃんと渡せてよかったよ」

聡士の死から伊織は逃げるように東京に出てしまっていた。

宗安は、聡士の——息子の希望を果たそうと、ずっと帰りを待っていてくれたのだろう。ようやくその約束が果たせてホッとしているようだ。

「ありがとうございます」

スマホを胸元で握りしめ、伊織は宗安に深く頭を下げた。

5

宗安からスマホを受け取ると、伊織は寺から逃げるように帰宅した。

二年以上、ずっと避けていた帰省と墓参り。

聡士を知る人たちとの会話。

それは否が応でも伊織に彼のことを思い出させる。

しかしいつまでも避けては通れない。

心の整理は完全についていなかったけれど、形だけでもしっかりしなければ。そう思ってやってきたが、帰省早々の出来事に疲れてしまった。

なにより、宗安と聡子の想いに触れてふたたび胸が苦しくなる。

そしてついさっき受け取った聡士のスマホ。

どうして彼はこんなものを自分に渡そうとしたのだろう。

それもわざわざ父親にしっかりと言い残してまで。

疲労感に足を引きずるようにして自室に向かった伊織は、宗安から受け取ったスマホに東京から持ってきた自分の充電器を繋いでみた。

コネクターが一致するか不安だったが、すんなりと挿し込めたことに安堵する。聡士が使っていたスマホと伊織のものは、モデルこそ違えどメーカーは同じだ。

だが、そもそも充電されるのか。ケースは割れて見るからにボロボロだ。バッテリーも劣化しているかもしれないし、その電力で起動する部分が壊れているかもしれない。

しばらくの間真っ暗な画面が続く。

数分後、おもむろに電源ボタンを長押しすると、『充電中』の文字とともに、液晶のバックライトが光を放った。

「よかった、壊れてない！」

伊織はホッと胸を撫で下ろす。画面の損壊《そんかい》状態から壊れていてもおかしくなかったが、割れていたのは保護ガラスの部分だけだったようだ。

「伊織、夕飯の支度手伝って！」

ちょうどそのとき、階下から亜希子の呼ぶ声が響いた。

フル充電にはまだ時間がかかるだろう。

伊織は机の上に充電中のスマホを置くと、亜希子の手伝いをするためいったん部屋をあとにした。

聡士のスマホが気になったが、亜希子に言われるがままに夕飯の手伝いをする。

小さい頃はよく亜希子と一緒に台所に立っていた。料理はもちろん、お菓子作りも得意な亜希子に教えられて、クッキーやケーキなど、比較的簡単なお菓子の作り方を教わったものである。

しかし中学に上がった頃からあまり手伝わなくなった。部活や勉強が忙しくてそんな余裕がなかったのだ。受験に追われた高校生活の後半は台所にまったく近寄らなくなっていた。

台所中をテキパキと動く亜希子。その様子を見ていて、この二年半、実家に近寄らなかったことを伊織は改めて申し訳なく思う。

「なに？」

じっと見ている伊織に気づいて、亜希子が言った。

「ううん。なんでもない――」

伊織は慌てて目を逸らし、次々と盛り付けられたお皿をダイニングテーブルに運ぶ。

「変な子」

亜希子はそう言って少し笑ったあと、何事もなくすぐに料理に戻った。

亜希子だって、伊織の複雑な気持ちは分かってくれているはずなのだ。

それでも、いやだからこそ、普段と変わらぬ〝普通〟の態度で接してくれる。

意を決して帰省した娘がどうしたら一番気が楽か。そう考えてのさりげない様子が伊織にはありがたかった。

夕飯の手伝いをしている間に、ダイニングから見える空はどんどん光を失っていく。

大方のお皿がテーブルに並んだ頃、見計らったように夏雄が法川寺から帰ってきた。

「お、今日はなんかご馳走だな」

ついさっきまで祭りの準備に追われていたのだろう。額から流れ出る大量の汗を首にかけたタオルで拭いている。

「久しぶりに伊織が帰ってきたんだから、今日くらいは贅沢《ぜいたく》したっていいじゃない」

亜希子の言葉どおり、テーブルの上には伊織の大好きなハンバーグを中心に、煮物やサラダなど、東京の独り暮らしではなかなか食べられない豪勢なお惣菜が所狭しと並んでいた。

夏雄が大急ぎでシャワーを浴びて出てくると、久しぶりに家族三人揃って食卓を囲んだ。


食事の間、夏雄と亜希子は伊織に東京での生活のことを根掘り葉掘り訊いてきた。

連絡するのが億劫《おっくう》であまり取り合わなかったとはいえ、テストの結果、単位の取得状況、バイトのことなど、基本的なことは電話などで伝えていたつもりである。

しかし二人はそれくらいの情報ではまったく満足していなかったようだ。

大学で友達はできたのか。

普段どんなご飯を食べているのか。

バイトは危ない仕事じゃないのか。

そもそも大学生活を楽しんでいるのか。

ちゃんと笑えているのか——

お惣菜に箸を伸ばしながら、二人が畳みかけるように質問してくる。

最初は面倒だなと思ったが、途中から伊織は不思議な感覚になっていた。

ご飯を食べながらの会話だが、どうやら二人にとって食事は二の次らしい。普段どおりのフリをして、娘の無事を確認したくてたまらないという様子だ。

ここ最近どれほど心配をかけていたのか、伊織は痛感する。

苦しかったのは私だけじゃない。夏雄と亜希子も辛かったはずだし、ふさぎ込む娘を見て心を痛めていたことだろう。

ようやく帰省できて墓参りも済んだ。

もう義理は果たしたから、早々に東京に戻ろうか。

伊織はそう思っていたが考えを変えた。

もう少しここにいて、その間に二人といっぱい話そう。

せめて夏祭りが終わるまでいてもいい。

それが娘としての義務だろうし、そうしてあげたいと思った。

一通り両親の質問が終わると、今度は伊織からいろいろと訊いた。

特にこの二年半の町の出来事を。

商店街のお店が潰れて、駅前にコンビニができたこと。小さい頃よくしてくれた近所のおばあさんが亡くなっていたこと。同じ小学校に通っていた五つ歳上のお姉さんが、隣町の男性と駆け落ちのようなことをして町中大騒ぎだったこと。

話す間、夏雄は美味しそうにビールを飲み、亜希子は習慣になっているダイエットも忘れてご飯をお代わりしている。

二年半ぶりのそんな食卓に、伊織は後悔と感謝の入り混じった不思議な気持ちに陥っていた。

長い夕飯を終えると、後片付けは自分がやると伊織から申し出た。

「あら？　どういう風の吹き回し？」

亜希子はそう言って笑っていたが、夏雄に勧められるがまま飲んでいたビールで顔が真っ赤だった。お酒に弱いくせに飲むからだ。そんなにフラフラしていて食器を洗えるわけがない。

「いいから。私に任せて」

夏雄はリビングのソファに座って、ビールを注いだグラスを片手に、テレビでプロ野球のナイター中継を見ている。娘の言葉に、亜希子もその横でくつろぎ始めた。

その後、洗い物が終わってお風呂に入った伊織は、実家に残していた部屋着に着替えて自分の部屋に戻った。

両親との会話に夢中になっていたので頭から抜けていたが、宗安から受け取ったスマホを充電しっぱなしだった。

充電器に繋がったままのスマホを取り上げると、『１００％』の表示が浮かんでいる。

聡士が亡くなってから、ずっと立ち上げられることなく電源が切れた状態になっていたスマホが蘇った。

聡士はどうしてこんなものを自分に遺したのか分からない。

しかし開いてみればそれも分かるかもしれない。

ただ、すべてを知ることに怖さもある。

過去のメールや彼が撮っていた写真など、生前のことを思い出させるデータがたくさん入っていることだろう。

両親ともいっぱい話した。宗安や聡子、町の人たちとも話した。

少しずつ立ち直れていることも実感する。

けれど記憶の波に呑《の》まれたらどうなってしまうか、自分で自分が分からなかった。

葛藤の末、伊織はスマホを操作する。

ところが直後、問題に突き当たった。

「パスワード……」

四桁の数字の入力を求める画面に、伊織は眉間に皺を寄せる。

珍しいことではないが、スマホにはパスワードが設定されていた。

顔認証や指紋認証が設定されているのかは分からないが、そもそも本人がいないので使えない。となると設定された数字を入力するしかないのだが、伊織には心当たりがなかった。このスマホに触ったこともないのだ。

「知らないんだけど……。誰かの誕生日、とか？」

とりあえず聡士の誕生日を入力してみる。

割れた画面が指に反応する。

だが解除されない。

まさかと思いながら、伊織は自分の誕生日を入力してみる。

しかしこちらもロックは解除されない。

「だよね。聡士君がそんな安直なパスワードにするわけないし……」

自分の誕生日などと一瞬でも思ってしまったことに羞恥心《しゅうちしん》を覚えながら、伊織は気を取り直して画面を睨《にら》む。他にも試してみようと思ったが、それでロックがかかってしまうと厄介である。ひとまず落ち着いて考えることにした。

「聡士君のことだから絶対に何かヒントがあるはず……」

彼の言動にはいつも意味があった。わざわざ宗安に、自分に渡すように頼んでいたのだ。

『伊織なら、解除パスワードを教えなくても分かるだろう?』

悪戯っ子のような顔で笑いながら、そんな風に言う聡士が目に浮かんだ。

数字。知らない数字。四桁の、知らなければ解除できない数字……

ふと、伊織の頭に過《よぎ》る記憶があった。

中学の頃、聡士に数学の勉強を教えてもらっていたときのことだ。

円周率の数字をどこまでも諳《そら》んじる彼に、どうやって覚えているのかと尋ねたことがあった。

『僕はそのまま暗記してるけど』

聡士はキョトンとして答えた。

教科書に書いてあった円周率を、細めた目で追っていた伊織は『え!?』と思わず顔を上げた。

『待って。聡士君、けっこうスラスラ言ってたけど何桁まで覚えてるの？』

『とりあえず千かな』

『せん!?』

普通のことだというような彼の答えに、伊織の声が裏返った。

だが、すぐに納得する。

『うん、そうだった。聡士君はそういう人だった。3・14しか覚えられない私とは頭の出来が違うんだった』

『出来とかじゃなくて、得手不得手だと思うけど。伊織は覚えたいの？』

『覚えられたら、カッコいいかなって』

『暗記するならお経のほうがおすすめだよ』

『お経は受験に必要ないじゃん』

『ああ、それは確かにそうか』

少し残念そうに聡士は笑った。

寺の一人息子の彼は、その記憶力の高さもあって、当然のように般若心経《はんにゃしんぎょう》などのお経をいくつも覚えている。写経のように手本を見ることもなく書き出すこともできる。

伊織の祖父が亡くなったときにも彼は何も見ずに読経《どきょう》していたと、伊織の両親がなぜか自慢げに娘に話して聞かせていた。

『数字、別に覚える必要ないのかな？　学校でも特に覚えろって言われてないし』

『そうかもしれない。でも、覚えていたらいいことはあるよ』

わずかに考えてから、聡士はそう答えた。

『いいこと？』

『テストに出るとか？』

『うん、いつか必ず』

『出るかもしれないし、出なくてもね』

聡士の言葉に伊織は首を傾げた。

『出なくてもって、テスト以外にどこかで使うことある？』

『それはちゃんと覚えていたらのお楽しみにしよう』

『ええ……覚えてられるかなぁ。そもそも、覚えるのだって難しそうなのに』

聡士と違って伊織は記憶力に自信があるわけではない。一般的だ。だからこうして簡単に覚えている聡士に方法を訊いているのである。

そんな伊織に、聡士は『語呂合わせがあるよ』と提案した。

『うん。〝産医師異国に向こう産後厄無く〟……って』

『さんいしいこく？』

『３・１４１５９』

聡士はノートに文字を書いてその上に数字を振った。

『あ、なるほど。すごいね語呂。日本語、便利』

『そうだね。これは日本語を知らないと使えない覚え方だ。英語圏だとこれは使えないけど、代わりに単語のアルファベットの数で覚えたりするみたいだね』

『数を数で覚えるの？　大変そう』

『そうでもないよ。いくつかあるけど、たとえば五桁までの３・１４１６だとこんな感じでね……はい《yes》』

「〝私は数字を知っている〟《I know a number》」

そのやり取りを思い出し、伊織は聡士の遺品のスマホにそれぞれの単語の文字数を入力してみる。

しかしロックは解除されない。

だが、伊織は今の状況に合う単語に置き換えて試行を続けた。考え方は合っているはずだと確信していたからだ。

なぜなら、彼は言っていた。

覚えているといつか必ずいいことがある、と。

結局これまで一度も使わなかった知識だ。テストに出たこともない。覚えていても特段いいことなどはなかった。

だが、聡士は〝必ず〟と言っていた。

ならば、彼が言った〝いつか〟は過去ではないのだろう。

おそらく〝いま〟なのだ。

伊織は何度目かの入力を試みる。

「〝私はこのパスワードを知っている《I know the password》〟？」

最後の数字を入力した瞬間、画面が切り替わる。

伊織は思わず「やった！」と声を上げた。

「二十歳過ぎてまで聡士君の謎解きに答えることになるなんて……」

ロックが解除されたスマホを見つめて、伊織はため息をついた。

と同時に、ふたたび吸った息がかすかに震える。

「なんで今なの、聡士君……」

彼がこの知識を教えてくれたのは、伊織が中学生の頃のことだ。きっと彼は、いつか伊織に向けた謎解きにでも使おうと思って言ったことなのだろう。

あんな昔のことを奇跡的に思い出せた自分を褒めたくなる。

一方、思い出せるようにと、すでにあのとき意味深な発言をしていた聡士に驚いた。

ただ、これが彼の言っていた〝いいこと〟なら、全然よくないと伊織は思う。もっと、別の形がよかった。もっと、ずっと、つまらないことでもいいから、こんな風に彼の遺品を使うためじゃない、別の形が。

「でも、なんでこのスマホを私に宛てて遺したりしたんだろう。何か見せたいものが入ってるのかな？」

伊織はスマホを操作して、中を検《あらた》めていく。

人の所有物だ。勝手に覗くことに罪悪感を覚えたが、そもそも聡士が託したのだと自分に言い聞かせる。

ホーム画面にはデフォルトで入っているアプリがほとんど。彼の飾らない性格を表すように、必要最小限のものしか置かれていない。

とりあえずひとつひとつ確認していくことにした。

電話やメッセージアプリの履歴は、伊織の知る彼の関係者の名が並ぶだけで、特に変わったところもない。

次にSNSのアプリを開く。

アカウントは持っているようだが、いくつかのニュースサイトを覗くためのツールを入れるに留まっていたようで、聡士が発信した履歴は見られない。何でも自己で完結していた彼らしい。

「あ、そうだ。圏外だ」

画面に電波表示がないことに気づき、伊織は自宅のＷｉ－Ｆｉに接続する設定をした。

いくつか通知が入ってきたが、アプリの更新を知らせるものがほとんどだ。誰かからメッセージが入ってきたりもしない。

「うーん、他に何かあるとしたら、写真……あ！」

アプリを開いた瞬間、伊織の目にたくさんの写真が飛び込んでくる。

そこに写っているのは、時の移ろいこそ感じるものの、見覚えがあるというにはあまりに見慣れた顔だった。というか毎朝、鏡の中で見ている顔である。

「私の写真？　いつの間に……っていうか全然気づかなかった。隠し撮りじゃん」

無数に並ぶ自分の写真に、伊織は困惑しながらも思わず笑ってしまった。

遊んではしゃいでいるところ。真剣に勉強しているところ。疲れて眠りこけてしまったところ。

気づかぬうちにたくさん撮られていたらしい。間の抜けた顔のまま撮られていたものもあって、よりによって彼はなぜこれを写真に残したのかと理解に苦しむ。

同時に、そんな写真に写る自分の姿に、伊織は聡士の目というフィルターを感じた。画面の手前には確かに彼がいたのだと。

「なんで死んじゃったの……」

その瞬間、伊織の目から涙が一滴溢れ出た。

いきなりの出来事に、流した伊織自身が驚く。

墓参りのときも流さずに済んだのに。

いったん流れ出した涙は、あとからあとから湧いてくる。もう、止めようと思っても止まってくれない。

スマホ画面にまで滴る涙で、伊織の顔はグシャグシャになっていた。

やはりまだ忘れられない。

立ち直ったようなフリをして自分を誤魔化してもダメだ。

伊織の人生で、当たり前のようにそばにいた存在が、急に消え失せたという事実をまだ受け入れられていない。

いったんは瘡蓋《かさぶた》になったように見えてまだ傷口は塞《ふさ》がっておらず、それをはがすと真っ赤な血が噴き出してくる。時間は経っているのに、生々しく痛みも強い。

伊織は流れる涙を拭うことも忘れてつぶやいた。

「聡士君、会いたいよ。もう一度、会いたい――」

ひとしきり泣いたあと、伊織は涙で濡れたスマホをハンカチで拭く。そして勉強机の引き出しを開けると、そこに聡士のスマホを仕舞い、上から幾重にも物を被せた。

「ちょっと刺激が強すぎる。これはいったん保留」

このスマホに何の意味があるのか。

聡士はなぜこのスマホを自分に託したのか。

考えようとしても涙がその邪魔をする。ボロボロのスマホは嫌でも彼の死を想起させる。操作するたびに泣いていたのでは冷静に考えられるはずもない。

だから気持ちが落ち着くまで、しばらく考えるのはやめよう。

伊織は大きく息を吸い込むと、疲れた身体を久しぶりのベッドに横たえた。

パスワード2

password 2

6

「乾杯〜」

店の窓の外が夕暮れに染まる中、伊織は幼なじみたちとグラスを合わせた。

昨日、聡士の墓参りをしていた際にメッセージのやり取りをした二人・凪と漣である。

この町に、飲食店は数えるほどしかない。

その中で若い女子だけで入れるような飲み屋となるとかなり限定される。

そのため、伊織は電車で二駅離れた繁華街に行くしかないと思っていた。

ところが、地元に残っていた凪が、町内のこの店を予約してくれたのである。

東京で店をやっていた若い夫婦が、自分たちの理想のお店を持ちたいと、一年前に移住してきて開いた店だという。駅から延びる商店街の路地に建つ、隠れ家的なお店だった。

地元の新鮮な野菜と鶏を使ったイタリア料理の数々はどれも美味しそうだ。

伊織がこの町を離れたときはまだ十八歳でお酒が飲める歳ではなかった。居酒屋などに行ったことはあるが、お酒好きの夏雄を迎えに入っただけで客としてではなかった。

しかし東京に行き、二十歳を超えてお酒を飲む機会もできた。亜希子はお酒に弱かったが、どうやら伊織は夏雄に似たらしい。初めて飲んだビールでもそれほど酔うことはなく、酔いつぶれる大学の同級生たちを尻目にケロッとしていた。


とりあえずグラスを合わせたあと、メニュー表から気になる料理を次々と告げていく。

「本当に久しぶりです」

「懐かしいよね〜」

小柄でボーイッシュな見た目、友人相手でも敬語で話すのが凪。

フワフワの髪を垂らした嫋《たお》やかな印象の女子が漣。

どちらも高校までずっと同じだった付き合いの長い幼なじみである。

二人に会ったのは高校の卒業式以来だ。同じ高校に通っていたときはよく一緒に過ごしていたが、卒業後の進路はバラバラで、以来一度も会っていない。

「こうして二人と飲み会したかったんだぁ」

「って言うけど、漣のそれはソフトドリンクじゃない？」

伊織が指摘すると、漣はオレンジジュースの入ったグラスを片手に微笑む。

「いいのいいの、雰囲気で酔えるから。二人はお酒飲めるんだね。伊織ちゃんのサワーは分かるけど、凪ちゃんが焼酎派なのは意外」

「父が焼酎派なので、何となく同じものを嗜《たしな》むようになりまして」

「あー、凪ちゃんちのお父さん、焼酎の瓶が似合いそうだなぁ」

「よく抱えて寝てますよ」

抱える真似をして凪が苦笑する。

凪の父は柔道家だ。そして娘の彼女も柔道家である。

「っていうか、凪は学生チャンピオンでしょ？　本当にすごいよ」

伊織は壁に貼ってあるポスターを見て言った。

ポスターには全日本大学柔道選手権大会という文字とともに、柔道着姿の凪の勇姿が映っている。一年前、軽量級で優勝したのがこの凪なのだ。

どうやら父子ともどもこの店とは懇意《こんい》なようで、注文を頼む際も凪は店長と親しげに話していた。おそらくあのポスターも、娘を自慢したい彼女の父が、店長に頼んで貼ってもらったのだろう。

大学は柔道部がさほど強いわけでもないながら、実家から通えるという理由で凪は進路を決めた。練習は、父親からの指導をメインに行っているらしい。

「この町のヒーローだよね」

「れ、漣さん、やめてくださいよ。恥ずかしいです。お父さんも、こんなところにまでポスター貼らせて……」

「諦めずに続けて、結果を出して、凪はすごいよ。私なんて中学で陸上やめちゃったのに」

伊織は中学校で陸上をやっていた。

けれど、中学卒業とともにやめてしまった。それから今まで本気で走ったことはない。

伊織の言葉に、「私もだよ」と漣がうなずく。

「ピアノ、また始めたりはしてないの？」

尋ねる伊織に、漣が「してないよ」と苦笑した。

田舎住まいながら、漣は幼い頃からピアノの英才教育を受けていた。コンクールにも頻繁に出ていて近所でも話題だったのだが、伊織が陸上をやめたあたりで彼女もピアノから遠ざかってしまったらしい。

「コンクールで逃げ出して、そのままフェードアウトだもんねぇ。我ながら情けない」

「情けないなんて、そんなこと……漣さんには歌があります。それはちゃんと続けてるじゃないですか」

凪が身を乗り出して言う。

漣はピアノをやめたあと、声楽にシフトした。

もともとの音感とセンスがあったため、何を歌わせても上手い。高校卒業後は音大に進んでいたが、学業とは別に最近の歌を歌っていることも多いようだった。それは彼女がネットに上げた動画で確認できる。

「弾き語りの動画観たよ。新曲、私好きだな」

「あはは。伊織ちゃんも聴いてくれたんだ、ありがとう。でも、ピアノで生きていくって決めてたのに、できなかったのは、なんだかなぁって思っちゃうんだよね」

「それで言ったら、私も柔道以外のものを諦めましたよ。本当は他にもやりたいことあったんです」

自嘲《じちょう》気味に零す漣に、凪が乗り出した身を元に戻してつぶやいた。

「凪が諦めたものって?」

「そうですね……あえて言うなら柔道以外の〝青春〟でしょうか」

柔道で学生日本一になるという大きな目標のために、凪は確かに柔道に一意専心《いちいせんしん》で取り組んでいた。家族だけでなく学校や地域の期待を背負った彼女は、その期待に応えるために、自らの願いを下ろしたのだろう。

「なるほど。私たち、何かを諦めてきたわけね」

ここまでの人生、順風満帆とはいかなかった。子どもの頃はなんだって叶う気がしていたのに。気づけば自分たちはいろいろなものを手放して前に進んできたらしい。

不意に聡士のことが伊織の頭を過った。

思い出の故郷で過去に思いを馳せたからだろう。すぐに記憶と繋がってしまう。

「伊織ちゃん、大丈夫？」

黙り込んだ伊織に漣が心配そうに声をかけてきた。

顔に出ていたようだ。慌てて笑顔を作る。

「ごめん、大丈夫。ちょっと夏バテ気味なのかも」

「伊織さん、昨日帰ってきたばかりですもんね。落ち着く間もなく呼び出しちゃって、すみません」

「ううん。二人が誘ってくれて嬉しかった」

それに二人と話していると気も紛れる。

グラスのサワーをグイッと一口飲んで、伊織は息をついた。

思い出話は尽きないし、楽しいこともたくさんあった。

でも過去を振り返ると、どうしても嫌な記憶も蘇ってくる。

「二人とも、最近はどう？」

そこで伊織は、切り替えるように二人にそう尋ねた。

飲んで食べて、伊織たちはそれぞれの近況を伝え合う。大学は楽しいとか、部活やバイトが大変だとか、就活はどうするとか、新しい友達ができたとか、恋人はまだいないとか……

それぞれの二年半を話すのは、思い出をダイジェストで振り返るようだった。

伊織は実感する。卒業式で別れたときから今まで、自分もそうであったように、幼なじみ二人にもそれぞれの時間は地続きにあったのだ。

「そういえば、流香《るか》ちゃんが来るらしいね」

漣が突然前のめりで口にした。

「流香が？　なんで？」

「お祭りで踊るらしいですよ。楽しみです」

「踊るって……こんな田舎の夏祭りで？」

流香は伊織が一番仲のよかった親友だ。

そんな親友は、高校卒業を待たずにダンサーとしてプロデビューした。

今では十代を中心に人気を博している。無料動画サイトにアップされた動画の視聴回数は多いもので百万を超え、『電脳世界の天使』とまで言われる踊り手になっていた。

当初は独りで活動していたらしいが、最近では大手芸能事務所に所属して、公式ＨＰも公開されている。伊織もそれを時々覗いていたが、彼女がこの町に来ることなどどこにも書かれていなかったはずだ。

「私も直接聞いたわけじゃないんだよ。お父さんがこっそり教えてくれたんだ」

内緒ね、と漣が口元に指を当てて言う。

漣の父は町役場の職員だ。主に祭事に関するイベントの運営を担当しているらしく、こたびの夏祭りでライブを行ってほしいと流香に打診した本人だという。

「たぶん守秘義務みたいなのがあるからじゃないかな。お父さんは私に言っちゃってるからガバガバだけど、流香ちゃんはその辺しっかりしてそうだし」

「確かに流香はちゃんと黙ってるタイプかも。それでも帰ってくることくらい教えてほしかったな。まあ、私も急に帰ってきたクチだけど――」

とそのとき、伊織はいきなりの音にビクッと身体を震わせた。

スマホの着信音だ。

「マナーモードにするの忘れてた」

ショルダーバッグを漁《あさ》り、中からスマホを取り出す。

画面を見るとメールが一通届いている。

伊織は浮かび上がる文字に眉を顰めた。

「どうしたの？　あ、もしかして噂の流香ちゃんとか？」

漣の問いに、伊織はマナーモードに変えながら首を横に振る。

「ううん、流香じゃない。けど、なんかメールが届いたみたいで」

「メール？　今どき珍しいですね」

凪の反応はもっともだ。

最近はメッセージアプリを使用する者がほとんどで、メール、とりわけキャリアメールの使用頻度はかなり低い。伊織たちくらいの年齢以下は特にそうだろう。

知り合いから届くことは稀《まれ》にあったが、迷惑メールならばフィルターで弾かれて通知が入ることは皆無である。

いったい誰だろう。伊織は不思議に思いながらメールボックスを開く。

そこには一通のメールが届いていた。件名はない。

「何、これ……」

本文を開いて、伊織は思わず声に出してしまった。

【荵?@縺ｶ繧翫□縺ｪ繝∝ｿ怜ｪ」繝ゅ%縺ｮ繝。繝ｼ繝ｫ縺ｯ蜷帙↓螻翫∧縺滂□繧阪≧縺九?ゅ縺ｮb縺怜ｱ翫∧縺滂→繧峨?∝ｶ縺ｮ研究は成功縺励◆縺ｨ縺?≧縺薙→縺ｫ縺ｪ繧九?ゅ≠縺翫縺医★繧√%繧後?　テスト　驟Sｿ。縺?繧ゅ∪縺滄?√k繧医?】

「なになに、伊織ちゃん？　難しい顔して」

伊織は漣にメール画面を見せた。

「うわ、何これ気持ち悪ぅ！」

「送信アドレスは、お知り合いのものではない……というか、こちらも読めませんね」

漣の隣に座っていた凪が画面を覗きながら首を傾げる。

送信アドレスも、本文と同様に謎の文字列が並んでいた。アルファベットですらない。唯一読める文字は『研究は成功』と『テスト』だけだ。だが、伊織にはまるで心当たりのない言葉である。

昔、パソコンや携帯電話が普及し始めた頃、〝文字化け〟はしょっちゅうだったと、夏雄や亜希子から聞いたことがある。

それぞれのメーカーが出す文字入力ソフトに互換性《ごかんせい》がなく、違うソフト間でやり取りすると起きるのだ。

「何だと思う？　新手の迷惑メールかな？」

「どうだろうねぇ。あ、呪いのメールだったりして」

「ちょっ、やめてよ。ないない、呪いなんて」

からかうように言った漣の言葉を、伊織は慌てて否定した。

呪詛《じゅそ》のように見えなくもない不気味な文字列に、その可能性がチラついてしまう。

「うん。迷惑メールだよ、絶対」

自分で自分の疑問に結論を出して、伊織はそのメールをごみ箱へ捨てた。メールボックスを閉じて、何事もなかったようにスマホをバッグにしまう。

「ごめん。今のメールは忘れて。で、何の話だっけ？」

メールが届く前まで伊織は話を戻す。

凪と漣も促されるまま、ふたたび楽しい話に花を咲かせる。

そうして飲み会が終わる頃には、伊織はすっかり謎のメールのことを忘れていた。

7

幼なじみたちとの飲み会の翌日。

伊織は青い空の下、強い日差しから逃げるように木陰を歩いていた。

帰省三日目となり、家でやることもあまりない。亜希子に促されるままに外出したのだ。

しかし外に出た瞬間、その決意を早くも後悔し始めた。

都会の暑さとは異なり木立の間から吹き付ける風は心地よいが、それでも夏は夏だ。容赦なく照り付ける太陽が身体を焼く。一応帽子は被ってきたが、どうせなら大きめの日傘を差してくればよかったと伊織は思う。

陸上部時代に鍛えて体力にはそこそこ自信があったが、空を見上げると思わず溜め息が洩れた。

とそこで、ポケットのスマホが震えた。

手に取って画面を見た瞬間、伊織の顔が曇る。

「また？」

昨晩の飲み会の最中に届いたのと同じ、読めない文字列が並んだ謎のメールだ。

【縺ｹ縺?d繧峨｢繝ｼ繝ｫ縺ｯ　届いた　溘∩縺溘∧縺?縺ｭ繧ゅ〒繧ゅd縺」縺ｱ繧贋ｸ?遲狗ｸ?§繧?∧縺九→縺?∩縺溘∧縺?繧ゅb縺?ｰ代＠　待ってて　繧】

「届いた……待ってて……？」

所々で読める文字を拾うと、全身に鳥肌が立った。

蝉が空気を震わせるほどに声を張り上げて鳴いている。

「え。やだ、怖いんだけど」

『呪いのメール』という昨晩の漣の言葉が過る。

着信拒否しよう。迷惑メールだとしても気味が悪い。

だが、それは不可能だった。アドレスがアルファベットではないため、システム的に不可能なのかもしれない。

「いやいや。呪いのメールなんてありえないって」

自分を納得させるようにあえて言葉に出して言ってみるが、気味が悪いことには変わりない。

伊織は慌ててメールを閉じると、スマホをポケットに押し込んだ。

不気味なメールのことは、焼けるような暑さに意識を向けることで強引に封じ込める。

日陰を選びながら歩を進め、向かった先は帰省初日にも訪れた法川寺だ。

一昨日は差し入れだけだったが、今日の伊織は夏祭り準備の戦力として駆り出されていた。呼んだのは夏雄で、今日もすでに準備に勤《いそ》しんでいる。どうやら夏祭りが終わるまで夏休みを取ったらしい。いや、そもそももうお盆休みか。

ともかく、高齢者が人口の大多数を占めるこの町で、若い人手は貴重だということだった。

「おっ、伊織。来たな」

夏雄は炎天下の境内で大工仕事をしている。真っ黒に日に焼けていた。

一昨日と異なり、本堂前にはすでに舞台櫓《やぐら》が設置されている。

「これお父さんが造ったんだぞ。すごいだろ」

「別にお父さんが一人で造ったわけじゃないでしょ」

境内には、他にも数人の人がいてそれぞれ準備をしている。娘に良い格好をしようとする夏雄に、伊織は冷静な言葉を投げた。

とはいえ、別に夏雄と言い合いをしにきたわけではない。せっかく来たからには役に立とう。

「で、私は何をやればいいの？」

「伊織はこれを頼む」

伊織の問いに、夏雄はそう言って紙袋を差し出してきた。

受け取って中を見ると、そこにはみっしりと緑色のものが詰まっている。伊織にはそれが何かすぐに分かった。この町の夏祭りでは定番の装飾だからだ。

「笹舟《ささぶね》ってことは、まさか——」

「さすが俺の娘、察しがいいな。通りに飾ってきてくれ」

「これ全部？」

「もちろん。一ヶ所じゃなくてちゃんとバラバラの場所にな。この地図持っていけ。設置場所が書いてあるから」

夏雄が蛇腹《じゃばら》状に折られた地図を渡してきた。

広げてみて伊織は「う」と呻《うめ》き声を上げる。生まれ育った町だ。地図を見ただけでその距離感やアップダウンがありありと想像できる。印が書き込まれた地点を徒歩で回ると、ゆうに十キロ近く歩くことになるだろう。

「あの、お父様。久々に帰ってきたのに、これはちょっと娘使いが荒いんじゃないですかね？」

「帰ってこなかった二年分も含むと思えば、そうでもないだろう」

カラカラと笑う夏雄の皮肉に、伊織は一つため息をついた。

「行きますよ。行ってきます」

「熱中症には気をつけるんだぞ。水分、塩分、糖分、忘れずにな」

「そんなに心配なら行かせなきゃいいのに」

「子どもやご老人を行かせるよりはいいさ。お前、走ってたから体力あるだろうし」

「何年前の話よ……。まあいいや。行ってきます」

夏雄と問答している時間と体力が惜しい。伊織は帽子をしっかりと被って境内をあとにした。


地図に印がつけられているルートは、町役場方面、小学校方面、中学校方面に大きく分けられていた。法川寺の横を走る川沿いの道から、途中で三叉《みつまた》に分かれるこれらの道は、伊織がこの町にいたときによく使っていた道でもある。庇《ひさし》のように繁茂《はんも》した木々の枝葉で日陰が多いため、日傘がなくともある程度は涼しいのがありがたい。

「この道も変わらないいな」

三叉路《さんさろ》までの川沿いの道を歩きながら、伊織は独り言をつぶやいた。

キラキラと陽光に輝く川面《かわも》、水の匂いを連れてくる涼やかな風、小さく透明な翅虫《はむし》たちが静かに飛ぶ木陰、二車線の幅があるにもかかわらず車がほとんど通らない道。思い出のままの光景は、まるでこの町を出た二年半前から――否、子どもの頃から変わっていないようだ。

しばらく歩いて最初の目的地にたどり着くと、伊織は紙袋の中身を取り出した。

笹舟がモビールのようにユラユラと揺れる飾りは、町の子どもや高齢者たちが力を合わせて作ったものである。

それを、すでに垂らされている提灯飾りのうち、所定の位置に吊り下げていく。七夕でいうところの短冊のような繊細な飾りだ。そのため天候次第では祭りの当日に行われる作業だが、幸い今年はずっと穏やかな晴れが続くという予報らしい。

「これでよし……」

指で弾いて、簡単に外れ落ちてしまわないかを確認したあと、伊織は次の場所へと向かった。

お盆に行われるこの町の夏祭りは、治水を祈る祭りだ。

同時に、死者と交流する祭りとも言われている。川の氾濫《はんらん》でたくさんの人が亡くなった災害が起源の祭りだからだ。

三百年ほど前、法川寺の脇を流れている御法川《みのりがわ》が大規模な氾濫を起こした。山を抉《えぐ》り谷を作ったその災害によって、当時は村だったこの町の、実に半分もの人間が流されてしまったという。

人々は死者を悼《いた》み、そうしてこの時期に魂を慰める祭りが始まったのだ。

川の氾濫が起きたのが旧暦の七月七日。惨事を免れた人々は町の復興に励み、なんとか元の生活が戻ってきたのが、先祖の魂がこの世に戻ってくるお盆の時期だった。

そこで七月七日から祭りの準備を始め、お盆の時期に本祭を行うという形が出来上がったのだという。

悲劇の原因になった御法川を三途《さんず》の川に見立てたのだろう。川上に向かって、山肌が迫る左側が彼岸《ひがん》、町が広がる右が此岸《しがん》というわけだ。川の向こうに流されてしまった魂が、流れを越えて戻ってくるというのだ。

その道中に必要となる精霊馬《しょうりょううま》のような乗り物が、この町では笹舟だった。川を挟んであちらとこちらが繋がるという概念が、天の川で隔てられた星々の逢瀬《おうせ》に似ていたからだろう。旧暦の七夕と混じり、現在の祭りの形になっている。

そして明治の暦《こよみ》の変更にともなって、新暦七月七日から八月半ばのお祭りとなった。魂が還《かえ》る祭り――それゆえにこの祭りは〝還魂祭《かんこんさい》〟と呼ばれている。

祭りは毎年開かれるが、普段は法川寺の境内だけで行われる。

しかし三年に一度、法川寺の裏山にある奥の院も巻き込んだ、町を挙げての〝大祭〟が開かれるのだ。

今年は聡士が亡くなったあの年以来、三年ぶりの大祭だった。


「よいしょ。この通りはこれで終わりっと」

三叉路まで続いた川沿いの道の飾り付けを完了し、伊織は一息ついた。

付け終わったエリアと残りのエリアを頭の中で思い描き、途方に暮れる。

夏雄は簡単に言ってくれたが、とても一人で回れる仕事ではない。

「これはしんどいかも……」

それでも、境内で檀家のみんなと仕事するのもきつい。一昨日両親から質問攻めにされたようなこと――東京での大学生活を興味本位で訊かれるのもうんざりだ。

この暑さはこたえるが、マイペースでできるのは気が楽である。伊織は足を進めることにした。


「あっつー。もうダメ……」

空《から》になった紙袋を手に伊織はついに足を止めた。

木陰のガードレールに腰を下ろし、飾りを吊り下げてきた道を振り返る。二時間は歩いただろうか。正午を過ぎた夏の屋外は茹《う》だるような熱気だ。遠くに陽炎《かげろう》が見えている。ぶっ通しで歩いてきたがさすがにもう限界である。

ちょうど近くに自動販売機があったので、伊織は飲み物を買うことにした。スポーツドリンクを手にするとふたたび木陰に避難して、今度は手ごろな道端のブロックに座り込む。ペットボトルに口をつけると、三分の一ほどを一気に喉に流し込んだ。

「ん？」

ところが、顔を上げてスポーツドリンクを飲んでいると、視線の先に人影があることに気がついた。

目を眇《すが》めると、その人影は道の向こうからこっちに手を振っている。

慌ててペットボトルから口を離し蓋を閉める。

日傘を手に近づいてくるのはサングラスをかけた若い女性だ。服装からして、伊織と同じくらいの年頃だろうか。

「あれ？　もしかして……」

そこで伊織は思わず立ち上がる。

それに気づいて、その女性も歩を早めた。

サングラスを外して伊織に笑顔を見せる。

「流香！」

伊織は思わず叫んで走り寄る。

やって来たのは、漣から帰ってくると聞いていた親友だった。

「やっぱり伊織だ。久しぶり！」

「久しぶり！　お祭りで踊るって聞いてたけど、本当だったんだね。もう帰ってたんだ？」

「ううん。今ちょうど着いたところ。ダンスのこと、よく知ってるね」

「あー、実は……」

流香の言葉に、伊織は漣の父からの情報だと伝えた。

「秘密だって言ってたのに――」

流香はそう言って苦笑いしている。

伊織が「だよね」と言って笑い返しながら見ると、流香は背中に小さなリュックを背負っていた。

「荷物それだけ？」

「今日はお祭りのリハだから。また東京に戻って仕事」

「忙しいんだね……って、もう流香じゃなくて〝Ｌｕｃａ《ルカ》〟だもんね。当たり前か」

「本名？　芸名？」

「どっちも」

伊織が言うと、流香はクスリと笑った。

Ｌｕｃａとは流香の芸名である。

以前はもっと本名から遠い名前だったのだが、今の事務所に所属してから彼女はその芸名を名乗っていた。踊っているときの彼女は、その格好も先鋭的《せんえいてき》で独特のオーラを放つ。ゆえに本名でも身バレしない自信があるのだろう。

「あの銀髪、ウィッグだったんだ？」

「そう。化粧も上手いもんでしょう？」

「本当、教えてもらいたいくらい。っていうか、サングラス必要ないじゃん」

画面の中で見ていたＬｕｃａと、目の前の流香はまるで別人のようだった。

髪の色も、顔も、雰囲気も……画面の中で踊る彼女は、この世のものとは思えないほど幻想的で天使のようなのだ。きっと今の一般人らしい彼女がサングラスなしですれ違っても、美人だとは感じるだろうが、誰もＬｕｃａだと気づかないだろう。

流香は「念のためだよ」と微笑んだ。

「っていうか、伊織はこんなところで何やってるの？」

「夏祭りの準備。笹舟飾りを吊るしてきたところだよ」

「うわ、お疲れ様。で、終わったの？」

「ちょうどね。休憩して、あとはスタート地点の法川寺に戻る予定」

「じゃあ一緒に行かない？」

伊織は休憩を早々に終わらせて、法川寺まで流香と一緒に歩くことにした。

流香のダンスは静かでいて激しい。

分類すればヒップホップ系だが、神社で巫女《みこ》が舞う神楽《かぐら》のようにも見える不思議なダンスだ。夏祭りで踊ってほしいとオファーしたのも、彼女がここの出身というだけでなく、そんなことも理由なのだろう。

「でも芸能人に依頼したんだから、町も送迎車くらい出せばいいのに」

「ううん。送迎を断ったのは私。久しぶりだったから、自分の脚で帰ってきたかったんだよね」

「はぁ、流香は大人だね」

「伊織だって帰ってきたじゃない。ちゃんと」

「ちゃんと……なのかな」

流香の言葉に、伊織は曖昧《あいまい》な笑みを浮かべた。

自主的に帰ってきたというより、半ば強制的に帰らされたのだ。『ちゃんと』という言葉は当てはまらないような気がする。

「私さ。この町ではもう伊織と会えないのかなって思ってたんだ」

道の先を見つめたまま、突然流香が言い出した。

「そんなことないよ。お互い故郷なんだし」

笑いながらそう返したが、流香の表情はついさっきまでと違って真剣だった。

「そうだけど、なんかそんな気がしてたの。だから私も帰ってくるつもりなかったんだけど、ついこのあいだ伊織が帰ってくるかもって聞いて今回のオファー受けたんだよね」

「えっ。受けた理由、私？　なんで？」

人気が爆発しつつあるダンサーの意外な言葉に伊織は耳を疑った。

親友だったとはいえ、今の彼女に私ができることなんてほとんどない。

寂しいけれど、もう違う世界の住人だと思っていたのに。

「ずっと心配だったから、かな。伊織がもう大丈夫か、確かめたかったんだ。じゃないと、もっと遠くに向かって飛べない気がして」

流香の言葉に、はっと伊織は三年近く前のことを思い出す。

聡士が亡くなったと知らせを受けたとき、一緒にいたのは流香だった。彼女は泣いて取り乱す伊織に、一晩中ずっと寄り添っていてくれたのだ。

その後、伊織が浮上しないまま、流香は子どもの頃から続けていたダンスでプロデビュー。そのまま日常の時間もすれ違い、互いに疎遠になってしまったのである。

「あのときはごめんね……」

謝罪する伊織に、流香は「ううん」と首を横に振った。

「伊織は何も悪くないよ」

「でも、流香がデビューできたのに、お祝いとか全然できなくて……」

「好きだった人が亡くなったんだから、当然でしょう」

「い、いや、聡士君は別に……。ずっと一緒にいた幼なじみだからね。お兄ちゃんみたいな感じだったというか」

「そうだったかな？」

「そうだったよ」

「ふうん。まあ、伊織がそう言うならそうなんだろうね」

どこか安心したように流香が言う。

茶化すように答えた伊織の様子に、話題にしても大丈夫だと彼女は思ったのだろう。懐かしむように話し始めた。

「でも、寺本先輩、無念だったろうね」

「無念？」

「伊織を残してったこともだけど、ほら、研究してたでしょ。クエスタリア社の……」

その名前を久々に聞いて、伊織は「ああ」と曖昧にうなずいた。


クエスタリア社というのは日本に本社がある世界的なＩＴ企業だ。

インターネットおよびソフトウェア開発を基軸とした事業を行っており、毎年、学生を対象にしたビジネスコンテストを開催している。

この町で神童と言われていた聡士は、高校生の頃にこのクエスタリア社主催のビジネスコンテストで大賞を受賞。結果、天才高校生として全国的にその名が知れ渡った。

クエスタリア社が異例の投資をして、彼のアイディアと研究の支援・システム開発を目指すと、メディアが大々的に報じていたからだ。

「『実現すれば世界を変えてしまうようなアイディアだ』って、クエスタリアの社長が言ってたよね」

「そうだね。あの頃ニュースでたくさん聞いたよ。幼なじみとしてちょっと誇らしかったなぁ」

「先輩が亡くなったあとも開発は続けるって、クエスタリアの社長の発言をネットニュースで見たけど、まだ発表されてないよね？」

「そういえば、そうだね」

「結局、どんな研究だったんだろうね」

流香が疑問を零す。

クエスタリア社は聡士の受賞について大々的な発表をしたものの、聡士のアイディアと研究内容については黙し続けていた。今世紀最大のアイディアだからだとか、他企業に先んじて開発する必要があるからだろうなどと憶測が飛んだが、不思議なことに追及するメディアも、内部からのタレコミのようなものもなかった。

「伊織は先輩から何か聞いてた？」

「どうだったかな。何かのプログラミングをしてたはずだけど、聞いても難しくて理解できないって投げちゃってたから」

今となってはもっと真剣に耳を傾けていればよかったと伊織は後悔している。

今世紀最大のアイディアや研究の内容を知りたかったわけではない。彼が何を考えていたのか、それを知りたかった。意味は分からずとも、せめて聞こうとしていたら……

「聡士君は、何を目指してたんだろう」

伊織はため息をつくようにつぶやく。

それが分かっていれば、遺志を継ぐこともできたかもしれないのに。

「後を追ったりしたら、ダメだよ」

流香の言葉に、一瞬ハッとして彼女を見る。

いつも楽しい話ばかりする流香も、伊織を見つめるその眼は一切笑っていなかった。

周りの気温が一瞬下がったような感覚が伊織を襲う。

「何言ってんの……。そんなわけないでしょ」

気まずさに堪えかねた伊織は即座に否定する。

それを聞いて、流香は小さくうなずいたあと、安心したように微笑んだ。

8

法川寺に着くと、伊織はそこで流香と別れた。

待っていた町役場の職員と合流した流香は、これから打ち合わせとリハーサルを行うらしい。

伊織は頼まれた準備が終わり手持ち無沙汰になったので、そのまま帰ろうかと思った。何より炎天下の飾りつけ作業で疲れている。

だが、せっかくなので墓参りをしていくことにした。

聡士のではない。祖父をはじめ、小川家の先祖が眠る実家の墓だ。

この間、聡士の墓参りをしたときに手を合わせるつもりだったが、同じ敷地とはいえ彼の墓と小川家の墓は離れている。それで友達からメッセージがきたり宗安からスマホを渡されたりして、後回しになっていた。だが十三回忌の法要にも参加していなかった手前、今回の帰省中には参りたいと思っていたのである。

「あ、あった」

墓地の中、記憶を元にたどり着いた墓の前で、伊織は立ち止まった。

「……っと、しまった。お線香ないや」

思い付きで来たため手ぶらである。

後日、もう一度ちゃんと用意して来よう。そう考えて、木の葉の揺れる音と蟬の声を聴きながら、ひとまず墓前で静かに手を合わせる。

目を瞑《つぶ》りながら、伊織は祖父のことを思い出した。

周囲の者たちが恐れをなすような厳《いか》めしい顔に、伊織を見ると柔らかな笑みを浮かべていた。

こんな真夏の暑い日にも、朝から畑に立って野菜を採っては『採り立てが一番美味《うま》いんだ』と伊織や聡士に食べさせてくれた。

土の匂いがする大きく無骨な手。頭をぐりぐりと撫《な》でる感触。

会いたいなと伊織は思った。もう二度と会えないのは分かっている。それでもやはり会いたい。

「あれ？」

そこで伊織はふと目を開けた。

会えない。二度と会えない。絶対に会えない。

それがこの世の摂理であり、曲げられない現実だ。

でも、果たして本当にそうだろうか？

伊織は考える。

なぜ疑問を抱いたのだろう。当たり前のことなのに。死んだ人には二度と会えない。

なのに、そうではないかもしれないとふと思ったのだ。

「そうだ。聡士君が言ってたんだ」

立ち尽くしたまま、伊織は目を見開いた。

祖父が亡くなった小学一年生のときのことだ。

伊織は、悲しみのあまり火葬場から逃げ出して泣いていた。

そんな伊織を追ってやってきた聡士が言ったのだ。

『きっと会える。僕がいつかきっと会わせてみせる』と。

思い出した瞬間、伊織の脳裏を過る別の記憶があった。

それは、祖父が亡くなった哀しみもすっかり日常の中に溶け込んで久しい、聡士が小学校を卒業する間近の頃のことだった。


『伊織は輪廻《りんね》転生《てんしょう》って信じる？』

聡士が唐突に訊いてきたので、伊織はきょとんとして見返した。

小学校から下校する途中だった。ちょうど、祖父が亡くなったのと同じ季節で、通学路に立つ桜の花が美しく咲いていた。

『りんね、てんしょう？』

『簡単に言うと、亡くなった人が生まれ変わるってこと』

『生まれ変わる？』

『命あるものは、死んだあと新たに別の存在として生まれるっていう考え方があるんだ。うちはお寺だからね。父さんがよくそんな話をするんだ。それが本当なのかは、まだ誰にも証明されていないから分からないんだけど』

『聡士君にも分からないってこと？』

『そう。だから伊織はどう思うかなって』

『うーん。よく分かんない』

頭を悩ませて伊織は唸《うな》った。

初めて考えたことだったので、急に訊かれても答えられない。

そんな伊織に、聡士は『そっか』と苦笑した。

『聡士君は、その、りんね……あると思うの？』

『輪廻転生っていうのは、仏教にも関係の深い考え方だから、無いとは言えないかな』

『あるってこと？』

『確かめることはできないけどね。でも、確かめられないから無いというわけじゃない。世の中には、人間が観測できていないだけで、存在するかもしれないものがまだたくさんあるはずなんだ』

伊織は首を傾げた。

聡士の話は時々難しい。

『ほら、伊織が嫌いなオバケとかさ』

『えっ！　オバケいるの!?』

『見えないけど、いるかもしれないってことだよ。科学的にまだ証明できていないだけかもしれないだろ』

『いないほうがいいなぁ』

『好きな人のオバケでも？』

『好きな人？』

『恒春じいちゃんとか』

『おじいちゃんのオバケは別だよ！』

慌てて否定する伊織に、聡士が『だよね』とうなずいた。

それから彼は、伊織をじっと見つめて尋ねてきた。

『伊織はさ、亡くなったじいちゃんに会いたい？』

『おじいちゃんに？　会いたい！』

『それは、生まれ変わったじいちゃんでも？』

『どういうこと？』

『輪廻転生があるのであれば、転生する前のもともとの存在はいずれ消えてしまうということになる。魂は同じでも、記憶は失われる』

『んん……難しい』

『輪廻転生した——つまり、生まれ変わったじいちゃんは、伊織のことを覚えていないかもしれない』

『あっ、そっかぁ。てことは、生まれ変わったら、それはもう私の知らないおじいちゃんってことだよね』

『そうなるかな』

『じゃあ、私はそのままのおじいちゃんに会いたい。だって、知らない人だったら、会っても私のこと分からないだろうし』

『そっか。そうだよね』

何かに納得したように聡士がうなずく。

それから『よし』と気合を入れるように言った。

『じゃあ、その方向で進めてみようか』

『何を？』

『研究かな』

『聡士君は研究者なの？』

『これからなるんだよ』

『聡士君はお坊さんになるんじゃないの？』

『お坊さんになっても研究者になれるよ。人間は何にでもなれるし、何でもできる可能性を持っているんだから』

そう言って、聡士はクスッと笑った。

その表情は年齢よりもずっと大人びて見える。

『聡士君、何の研究をするの？』

『伊織の願いを叶える研究』

『私の？』

『説明してもいいけどやめておくよ』

難しい話が来るのだろうと身構えていた伊織に、聡士が苦笑する。

『でも、形になったら誰より最初に教えるから――』


結局、聡士の研究は形にならなかった。

恐らく、なっていない。

伊織は聡士から何も聞いていないし、彼の死後に形になったのなら、研究を支援していたクエスタリア社が発表しているはずだ。

でも、そのような報道は出ていない。

聡士についてクエスタリア社が公表したのは、彼の死についてだけだ。伊織は調べたりしていないが、それ以降に研究についての発表があれば、誰かが伊織に知らせるはずである。伊織の心を慮《おもんぱか》ってくれる家族や友人が口を噤《つぐ》んでも、事情を知らない知人がお節介に知らせてくるだろう。

しかしあれから三年近くが経って、改めて伊織は聡士の研究について考えてみる。

私の願いを叶える研究とは、まさか亡き祖父に会えるような研究だったのだろうか？

「いやいやいや……」

ふと浮かんだそんな想像に、伊織は慌てて頭《かぶり》を振った。

いくらなんでも荒唐無稽《こうとうむけい》も甚《はなは》だしい。死者に会えるだなんて、そんな研究であれば世界を変えてしまう。

しかし、つい先ほどの流香との会話を思い出し、伊織は目を見開いたまま固まった。

『実現すれば世界を変えてしまうようなアイディア』

もしかしたら、という思いつき。それが頭の中を埋めていく。荒唐無稽だと思っているのに、それでもあり得るのではと考えてしまう。

それは、その研究の発案者が聡士だからだ。

伊織にとって、聡士の存在はそれほどまでに大きなものだった。

この世を去って三年近くの月日が経ってもなお、彼の存在は伊織にとっての指標だ。いや、亡くなってしまったからこそ、動きようのない絶対的な指標に固定されてしまったのかもしれない。

伊織は目の前に立つ墓石を見つめる。

そこで眠る祖父の声が伊織の耳に届いたような気がした。

『天才っていうのは、世の中の不可能を可能にする奴のことだ。そして聡士は天才だ。紛れもなくな』

伊織がまだ保育園児で、聡士が小学二年生だったときのことだ。

小学校で過ごした一年で、聡士は教師たちから驚嘆される。担任から校長、果ては教育委員会までが、挙《こぞ》って彼を――とりわけその頭脳を――絶賛した。彼は小学一年生で、大学入試レベルの問題を解くことができた。

教師たちは、聡士の両親に『息子さんは天才です』と声を揃えて語った。『環境を整えて、才能を伸ばすべきです』『そうすれば歴史に名を残す偉人になるかもしれません』そんな風に、かなり前のめりで提案してきたという。

そこで寺本夫妻は、聡士にとりあえずパソコンを買い与えた。

聡士はそのパソコンを三日も経たずに使いこなし、同時にプログラミングを学び、あっという間にゲームを作り上げてしまった。

『伊織のために作ったんだよ』

そう聡士に言われて嬉しかった伊織は、そのゲームで夢中になって遊んだ。

だが、そのうち伊織は、聡士と同じようにゲームを作る側になりたいと思うようになった。

両親に頼み込んでパソコンを触らせてもらい、聡士に教えてくれとせがんだ。

けれど、彼と同じようにはいかなかった。キーボードで打ち込むのは、箸の使い方が下手だった伊織が焼き魚の骨を摘まんで取り出すのと同じくらい大変で、プログラミングを学ぶのも伊織に足りない根気が必要だった。

伊織は聡士と対照的に、三日と経たずにパソコンを投げ出した。

そのとき伊織はギャンギャン泣いたが、聡士と同様にできないことが悲しかったのではない。彼の考えに近づくことができなかった。彼を一番近くで理解できなかった。そんな自分が嫌だったのだ。悔しかったのだ。彼のことを誰よりも理解したいのに、できないのが。


そしてそれは、当時から十五年以上経った今も同じだった。

「私、何も変わってなかったみたい」

伊織は亜希子にも言われたことを思い出す。

けれど、変わっていなかったのはもっとずっと前からだったようだ。子どもの頃から、何も変わっていなかった。

聡士のことを理解したい。

祖父の墓石に手を添えて、伊織は静かに考えた。

彼が亡くなってからずっと考えないようにしていたけれど、この夏はいい機会だ。

目を逸らせば逸らすほど、身体は硬くなり思考は止まり、夢も、希望も、将来のことも、すべてがモノトーンになっていく。

でも、そんなんじゃダメだ。

聡士のことを理解して、彼の死に向き合い、受け入れなくては。

もっと苦しくなるかもしれない。それでも、その先に何かが待っている気がするから。

まずは確かめてみようと伊織は思った。

聡士がどんな研究をしていたのか。

いったい何を考えていたのかを。

9

「聡士がどんな研究をしていたかって?」

祖父の墓参りを終えた伊織は、その足で聡士の父・宗安のもとを訪れた。

先日と同じように、宗安は境内で祭りの準備を見守っていた。

いよいよ夏祭りは明日に迫っている。境内に建った櫓のステージはほぼ完成していた。三年に一度の大祭だからだろう。伊織が手伝った町中の飾りもそうだが、櫓もいつもの年より立派に見える。

それを見上げていた彼は、突然の質問に黙ってしまった。

「あの、宗安おじさん。急にすみません」

「ああ、いや、いいんだ。黙り込んですまない。何だったかなと思ってね」

宗安は腕を組み、目を瞑ってふたたび考える。

だが、幾ばくも経たぬうちに首を横に振った。

「すまないね伊織ちゃん。父親として情けない限りだが、分からない」

腕組みを解いた宗安は、伊織を見つめて申し訳なさそうに言った。

「どうして急にそんなことが気になったんだい？」

「その……私、聡士君が亡くなる前に何を考えていたのか知りたくて……すみません、今さらなんですが」

「いや、あいつのこと思い出そうとしてくれて親として嬉しいんだ。今さらというのは違うよ」

「違う？」

「心の整理をするためには時間が必要だからね。きっと伊織ちゃんも〝今だから〟そう考えたんじゃないかな」

そう言って宗安は優しく微笑んだ。

罪悪感を抱いていた伊織は、その言葉にどこかホッとした。何かを許されたような気持ちになったのだ。

「伊織ちゃん。おじさんはあいつがどんな研究をしていたか知らない。でもあいつは君に知ってもらいたいと思っているはずだ」

「聡士君がそう言ってたんですか？」

「いや。別にそういうわけじゃない。でも、私はあいつの父親だ。君のために研究を始めたということだけは、見ていて最初から分かっていたからね」

笑みを浮かべた宗安の顔に、一抹の哀愁《あいしゅう》が滲《にじ》む。

息子のことをよく見ていたのだろう。そしてきっと、心から愛していたのだ。

とそこで、宗安が「そうだ」と何かに気づいたように声を上げた。

「伊織ちゃん、聡士の部屋にならスマホの他にも何か残っているかもしれない。調べてみたら？」

聡士は高校を卒業すると、進学することもなく、上京してクエスタリア社で研究をしていた。社員ではなく、あくまで招待されている臨時の研究員だと言っていた。とはいえ頻繁に帰ってきては、伊織ともよく会っていた。

「えっ、いいんですか？　でも勝手に入るのは」

「昔は勝手に入ってたじゃないか」

遠慮する伊織に、宗安は笑ってそう言った。

確かに子どもの頃は勝手に遊びに来ていたし、聡士もそれを許していた。

「それに、聡士にも言われていたからね」

「え？　言われてたって？」

「伊織ちゃんが何かに困っていたら、そのときは助けてやってくれって」

その言葉に伊織は目を瞬《しばたた》く。

まるで、自分が亡くなることが分かっていたような言い方ではないか。

「『いま死んだ　どこへもいかぬ　ここにおる　たずねはするな　ものはいわぬぞ』」

「？　それは？」

「一休禅師――『一休さん』と言ったほうが分かりやすいかな」

「とんちで有名な？」

「そう。彼が亡くなる前に詠んだと言われている句でね。つまり、故人はいつも傍にいるということだよ。聡士は亡くなったが、あいつの遺志はここにある。そしてそれは、君を助けたいという想いだ」

宗安の言葉が鼓膜を伝い、伊織の中に染み込んでいく。

やがて伊織は一つうなずいた。

「おじさん。すみません、お言葉に甘えてお邪魔します」

玄関扉に手を掛けると鍵はかかっていなかった。滑らかに開いた先の三和土に入り声をかける。

台所から聡子が三角巾を被りながら現れた。

「あら伊織ちゃん。いらっしゃい。今日も祭りのお手伝いに来てくれたの？」

「ええ。でも一段落して、おじさんに聡士君の部屋に行ってみろって――」

首を傾げる聡子に、伊織は事の成り行きを説明した。

「そういうことね」

事情を理解した聡子はそう言うと、「自由に見ていって」と促してくれる。そしてすぐに台所に戻っていった。消えた先からは女性たちの話し声が聞こえる。どうやら檀家の女性陣が、祭り準備に明け暮れるみなを労《ねぎら》うため、料理に勤しんでいるらしい。聡子は住職の妻として、彼女たちの取りまとめ役なのだ。

独りになった伊織は二階への階段を上り、廊下の一番奥にある角部屋へ向かう。

以前は勝手に上がり込んでいたが、中学生になった頃から足が遠ざかっていた。

締め切られていた部屋は薄暗く熱がこもっている。

カーテンを開けて窓を開放すると、境内から爽やかな風が吹き込んできた。

勉強用の広い机。たくさんの書物が並んだ本棚。

あの頃とまるで変わらない。

伊織は一つ息をつくと、ぐるりと室内を見回した。

無駄なものが一切ない、簡素な部屋だ。調べられそうなところといえば、押し入れに本棚、机の引き出しくらいである。

「引き出しを勝手に開けるのはなぁ」

うーんと伊織は悩んだ。

伊織と聡士は物心ついたときから一緒の幼なじみだ。兄妹同然に育ってきた仲である。

しかし思春期を迎え、それなりに意識もしてきた。

異性の部屋に勝手に入り、机の中を物色するのはさすがに気が引ける。

本人が生前に許可するような発言をしていたとはいえ、直接確かめたわけでもない。部屋に入るのも躊躇《ためら》われたのに、それ以上のパーソナルな空間を勝手に覗いたりして、本当にいいのだろうか。

と、そのとき突然音がした。

スマホだ。通知音である。

伊織はポケットに入れていたそれを取り出した。

大学の友達とそれほどやり取りはしていない。

可能性があるのはこの町の友達くらいだが、凪と漣とは昨日ひたすら喋《しやべ》ったばかりである。

ついさっきまで一緒だった流香も今頃はイベントのリハーサルで忙しくしていることだろう。

そこで頭を過ったのが、ここ最近の不審なメールだった。

そして画面を見た瞬間、伊織は「やっぱり……」と思わず洩らした。

今朝も届いた不可解な文字列がスマホの画面に浮かんでいる。

【莉雁屓縺ｮ繝。 繝ｼ繝ｫ縺ｯ　前よりも読める　縺九→　縺昴%　縺昴%縺ｫ縺ｯ縲∝ｶ縺見られて困るもの　縺ｯ　ない　?。　繧牙ｮ牙ｿ?@縺ｧ縲　引き出しの中身　縺ｯ　役に立つ九b縲ら?皮ｻｶ縺ｮ縺薙→逶ｴ謗･・謨吶∴繧峨l縺ｪ縺上※　ごめん。】

書いてある文字を睨んで伊織は唸る。

相変わらず呪詛のような文字列が画面に連なっていた。送信アドレスも、同じく読むことはできない。だが、やはりメール文の中に一部だけ意味を成している文字がある。それらを拾うように伊織はポツリポツリと読み上げた。

「前よりも読める……見られて困るもの……ない……引き出しの中身……役に立つ…………ごめん？」

伊織はスマホから顔を上げる。

「何これ。まるで私の行動を見てるみたい……」

周囲を見回してみても、そこは聡士の部屋である。

開け放たれた窓の外に見えるのは寺の境内だ。その向こうにあるのも、自然豊かな清流の風景だけ。部屋を覗けるような建物はないし、電柱のような人工物の類《たぐい》も見当たらない。

下を覗き込むも、階下までは当然距離がある。境内の中央に建っている祭り用の櫓も、この部屋からはさすがに遠い。

ずっと使われていなかった部屋だ。盗聴や盗撮されていることも考えられない。

だとしたら、やはり偶然だ。

たまたま伊織の状況と、誰かからの間違いメールの内容が一部リンクしただけに違いない。

それでも、行動を促すような内容に、伊織は思わずつぶやいた。

「引き出しの中身、か……」

伊織はデスクの引き出しに手をかけると、恐る恐る開けてみた。

と、そこには掌《てのひら》サイズの木箱があった。

期待と不安に惑いながら、伊織は木箱を開けてみる。

「写真？」

木箱の中には写真が一枚だけ入っていた。

写っているのは、着物姿の幼い伊織と、それより少し歳上の聡士。そして伊織の祖父だ。いつどこで撮られたものだったかは、被写体三人の背後の光景から、伊織もすぐに思い至った。

「七五三のときの写真……法川寺の本堂前で撮ったんだっけ」

窓の外に目をやる。

そこには、写真の中と同じ景色があった。

「で、この写真が『役に立つ』？」

間違いメールと分かっていながら、伊織はその内容に従って考えてみた。引き出しの中を検める。

　この写真の他には何も入っていない。

「これがどう役に立つっていうのよ……」

　木箱には他に何も入っていない。細工のようなものもなさそうだ。

　写真の裏を見てみるが、まっ白なままだ。何かメモが書き記されたりしていないかと思ったのだが、写真自体は何の変哲もない。

　とはいえ、プリントアウトされた写真というのは昨今では珍しい。

　デジタルカメラで撮影すれば、小さな画面とはいえそのまま見返せることもあり、わざわざプリントアウトすることはなくなった。しかもあまり物質的なものを持ちたがらなかった聡士が、そんな写真を持っていたのは意外だった。

「何を伝えたいの、聡士君。全然分かんないんだけど」

　途方に暮れた伊織は、スマホを操作してメールボックスを開いた。

　昨日届いたメールは、ゴミ箱に捨てておいたもののまだ完全に消去されていない。

　妙にリンクする不思議なメールに、思わず頼りたくなった。

　改めて確認して読める文字を拾ってみる。

『研究は成功』『テスト』『届いた』『待ってて』『前よりも読める』『見られて困るもの』『ない』『引き出しの中身』『役に立つ』『ごめん』

「っていうか、この変なメール、一応意味が通ってる……」

スマホの画面を睨んで、伊織は「ああ」と呻くように頭を抱えた。

一つの考えが、はっきりとした像を結んでしまったからだ。

迷惑メールか、はたまた呪いのメールかと訝っていた。

しかしこの一致が偶然とは思えない。

「これ、聡士君の仕業なんじゃ……」

そう思い至ったとたん伊織はその場にへたり込んだ。

スマホを握りしめて、食い入るように画面を見つめる。

聡士からのメールだ。

どういう原理で送られてきているのかは分からない。だが、伊織は彼が送ったものに違いないと思った。彼ならば、そういうことを仕組んでいてもおかしくないからだ。

「んん、遺言みたいなものを予め《あらかじ》用意していた？　でも、私が部屋に入ったタイミングでちょうどよく送られてくるなんて……」

そこでひとつ気づいた。

もしかして宗安おじさんだろうか？

そうかもしれない。それなら説明がつく。

伊織を聡士の部屋に行くよう促したのは宗安だ。伊織が部屋に入ったのを見計らって聡士からの遺言をメールで送ることくらいできるだろう。

しかし伊織は自らの想像に対して首を横に振った。

「宗安おじさん、そういうことしないよな」

聡士に頼まれていたならやるかもしれない。

けれど、さっきの宗安の様子には、隠し事をしているような素振りはまるでなかった。送られてきたおかしなアドレスも説明がつかない。

そもそも聡士は、理由もなくそのようなまだるっこしいことをしない。もし遺言があったなら、直接、伊織の手元に届くように手配していたはずだ。

亡くなってから三年近くもの間ずっと沈黙していたのに、今さらこのような方法で遺言を伝えるのには違和感がある。

とそこで、部屋の扉を遠慮がちに叩く音がした。

「伊織ちゃん、いいかしら?」

その声に伊織は「はいっ」と慌てて返事をする。

扉を開けて顔を覗かせたのは聡子だった。

台所仕事が一段落したのだろうか。手にはお盆を持っている。グラスと氷入りの麦茶が入ったボトルが載っていた。

「暑いから、これ、よかったら飲んで」

「すみません。わざわざ」

「いいのいいの。それとこれ――」

そう言って聡子が渡してきたのは数冊のファイルだ。

不思議に思いつつ受け取る。

「見てみて」

聡子に促されるままそのうちの一冊を手に取り開く。

中を見て、伊織は目を瞬いた。

「新聞?」

それは、新聞の切り抜きを集めたスクラップブックだった。

「これ、聡士君の記事ですか?」

「そう。あの子について載っていた新聞の記事。全部取ってあるのよ」

「全部……」

「もちろん、亡くなったときのものも」

伊織は手元から顔を上げる。

スクラップブックの向こうで聡子は微笑んでいた。けれど、やはり宗安と同じように寂しげな色を滲ませている。それが泣いてしまいそうに見えて伊織は慌てた。

「おばさん、あの……」

「大丈夫よ。おばさんはもう大丈夫。越えたからね……」

「越えた、ですか」

「うん。もちろん寂しいわ。懐かしくなったかと思うと、急に胸が苦しくなることもある。でも、ちゃんとたくさん泣いたから」

そう言う聡子は、確かに哀しみを乗り越えたようだ。

聡士が亡くなった当時、通夜では号泣し、葬儀の最中も涙を堪え切れずに泣いていた聡子を伊織も覚えている。寺の跡取りで、自慢の一人息子だったのだ。当然だろう。

しかし、今の彼女からは、あの頃の壊れてしまいそうな脆《もろ》さや危うさはもう感じられない。

その危うさがあるのはむしろ伊織だった。

「泣きたいときには思いっきり泣いたらいいのよ」

その言葉に伊織はハッとした。

優しい微笑みを浮かべたまま、聡子がまっすぐに見つめてくる。まるで心の中まで見透かすような澄んだ彼女の目は、聡士によく似ていた。

「ごめんなさい、余計なことを。新聞、ゆっくり見ていってちょうだいね」

そう言って、聡子は静かに部屋を出ていく。

彼女の気配が遠のき、やがて階下へ消えると、伊織は小さくため息をついた。

「おばさんにも気を遣わせちゃったな……」

最愛の息子を亡くした宗安と聡子。その二人に気を遣われていることが分かり、伊織は申し訳なさにいたたまれなかった。自分はただの幼なじみ。逆に気を遣わねばならない側だというのに……

気持ちが沈む。落とした視線の先に手にしたスクラップブックが映る。

全部取ってあると聡子は言っていた。

亡くなったときのものも含まれていると。

それは、伊織が見たくないもの、ずっと避けてきたものだった。もし目を通せば、朧《おぼろ》げにしておいた痛みや苦しみも、その輪郭を取り戻してしまうだろう。聡子とは違って、伊織は遠ざけていただけなのだ。三年近く前から、何も越えられてなどいないのだから。

けれど、聡士のことを知りたい。

もう目を逸らしたくない。

伊織は腹を括《くく》り、スクラップブックに視線を落とした。

○月△日

【天才少年現る！　クエスタリア社ビジコン大賞＆社長賞を同時受賞】

ＩＴグローバル企業のクエスタリア社が主催するビジネスコンテストの授賞式が、過日都内の同社ビルにて行われた。受賞者は御法川《みのりがわ》高校三年生の寺本聡士さん（17）。開催から第十回の節目を迎えた本コンテストは、画期的なビジネスアイディアを広く募集してきたが、二賞同時受賞の快挙は過去に例がない。授賞式にて祝辞を述べたクエスタリア社社長・稔山《みのりやま》正大《まさひろ》氏も「彼のアイディアは今世紀最大の発明。積極的に投資していきたい」とにこやかに語り、寺本さんのアイディアに寄せる期待の大きさをうかがわせた。

□月▲日

【クエスタリア社・稔山社長『今世紀最大の発明』実現に意気込むも詳細は語らず！】

第十一回クエスタリア社ビジネスコンテストの結果が発表された。大賞受賞者はなし。同社広報によれば「前回の受賞アイディアが基準となり、相対的に審査が厳しくなったのでは」とのこと。本賞の審査は、同社社長を筆頭に執行役員数名と社内研究員が行っている。

昨年の第十回の受賞アイディアに関して、同社は未だ詳細の公開を控えている。これに対し、ネットでは様々な憶測が広がっている。

〜中略〜

取材に答えた同社社長・稔山氏は「寺本君のアイディアは間違いなく世界の形を変える。我が社が他企業に先んじて実現したい。公表を差し控えているが、いずれ誰もがこの偉大なアイディアを知ることになる」と実現への意気込みを見せた。本アイディアへの投資額は、現時点で十億円を上回る見込みだという。

なお、第十一回の準大賞受賞者数名が、第十回大賞のアイディアを実現するためのスタッフとして研究チームに参加することが発表された。

×月☆日

【天才少年、転落死⁉】

×月某日。痛ましい事故が起きた。

クエスタリア社内で遺体が発見された。

亡くなったのは、第十回クエスタリア社ビジネスコンテスト大賞を受賞し、稀代《きたい》の天才少年と呼ばれていた寺本聡士さん（21）。発見現場は同社研究センターで、非常階段の下で倒れていたという。警察の調査の結果、階段から足を滑らせて転落、当人の不注意によるもので事件性はないものと見られている。

～中略～

寺本さんは、受賞したアイディアの実現を同社との共同研究で目指していた。その全容は未だ明らかにされておらず、同社広報によると「研究は続行しますが、公表時期は未定」とのこと。同社社長・稔山氏はコメントを差し控えたが、副社長の山浦潤一《やまうらじゅんいち》氏は「彼の遺志を必ずや形に」という決意とともに、この世を去った若き天才に社を代表して哀悼《あいとう》の意を示した。

最後のスクラップを読み終え、伊織は静かに顔を上げた。

いつの間にか部屋の中が薄暗くなっている。

窓の外、遠くの山々は夕焼け色の空を背負っていた。窓から室内に入り込む風も、昼中と異なりすっかり涼しくなっている。

聡子が集めた新聞記事は、息子である聡士の華やかな受賞とそれに対する期待、そして突然の死まで、時系列に沿って整理されていた。彼の受賞が決まった六年前から三年近く前までの間。その時間を早送りして見せられたような感覚に、伊織はしばらく呆然としていた。

最後に読み終えた記事に、はっきりと記されていた彼の名前。

それが寺本家の墓で見た墓碑に刻まれた俗名《ぞくみょう》と重なり、確かな実感となって心に重くのしかかる。

確かに、聡士は死んでしまったのだ。もうこの世にいないのだと。

記事を読んで、こんなにすごい人だったのかと改めて実感する。

しかし伊織が知る聡士は、また違った顔をしていた。

近所の男の子に泣かされていたら助けてくれた。

隣町に一緒に買い物に行ったとき、迷子になった伊織を捜し出してくれたのも彼だった。

あらゆる行事を一緒に祝った。

それぞれの家族でキャンプや温泉旅行などにも行った。

でもいま思い出すのは、そんな特別なイベントではなかった。

帰りが遅くなり、暗い夜道を歩いているとき、そっと手を握ってくれた温もりだった。

その手の温かさが、いま伊織の掌にまざまざと蘇る。

それを感じた瞬間、涙が次々に溢れてきた。

葬儀のときにも泣いたし、四十九日の納骨でも涙が出た。ついこの間、彼のスマホを渡された日にも泣いてしまった。

でも、この涙はこれまでと違う。

時が経ち、彼の死が実感となってようやく胸の中に届いて溢れ出たものだ。

会いたい。

やっぱり会いたいよ。聡士君。

抑えてきた心の箍《たが》が外れる。

伊織は夕暮れに染まる部屋の中で、スクラップブックを抱えながら泣いた。

亡くなってから一番の大きな声で。

誰の目も気にせず、ただ彼の死に向き合い続けた。

10

風に乗って、低く長く唸るような声が聞こえてきた。

宗安が夕方の勤行《ごんぎょう》――僧侶の朝夕の日課である読経を行っているのだ。

その声に、聡士の部屋で泣きじゃくり続けていた伊織は我に返った。

彼が亡くなって以来、初めて思うままに泣いたことでどこかスッキリしている。

いま何時か確認しようとスマホを取り出すと、画面には、現在時刻とともにメッセージの通知が一件表示されていた。

送信者は流香だ。それは一時間前のものだった。

『これからいったん東京に戻るけど、すぐ帰ってくるから。明日は楽しみにしてて』

スクラップブックを読むことに集中していたからか、まったく気づかなかったようだ。

「もうそんな時間か」

画面に表示された時刻を見て伊織は慌てる。すでに十九時を回っていた。いくらなんでも長居し過ぎだ。流香に『楽しみにしてる！』と返信すると、開いていたスクラップブックを急いで片付けて帰り支度を始める。

するとそこで読経の声が途切れた。

宗安のお勤めが終わったのだろうか。しかしどこか妙だ。小さい頃から幾度となく聞いてきた彼の夕方のお勤めである。否が応でもある程度覚えているのだが、それが最後まで読み上げられず、途中でプツリと終わったように感じたのだ。

そこに、外から話し声が聞こえてきた。

窓からそっと外を覗き見る。

祭りの準備に集まった者たちだと思ったが、彼らはとうに解散したようだ。境内には昼間の穏やかな賑わいはなく、頼りになるのは灯籠《とうろう》の明かりだけ。それ以外は川の向こう岸から流れてくるような闇にとっぷりと沈んでいる。

だが、灯籠の仄《ほの》かな明かりに照らされて、五、六人の人影が浮かび上がっていた。闇が蠢《うごめ》くように見えるのは、夏真っ盛りだというのに、全員がスーツを着ているからのようだ。薄暗い中で、その色はすべて喪服《もふく》のような漆黒《しっこく》に見える。

話し声の位置を探ると、本堂の前だった。読経を中断した宗安が、外に出て代表らしき男と向き合っている。

「お帰りください。ここには何もありません」

宗安の声が境内に響いた。

荒らげたわけではないが、確かな拒絶のせいだろう。彼の声はいつもより鋭く硬い。

男は一言二言告げると、頭を下げて踵《きびす》を返し、山門脇の駐車場へと向かった。他のスーツの者たちもそれに続く。

何事だろう。法要の依頼などではなさそうだ。自分には関係ないことだろうが、どこか胸騒ぎがする。

伊織は窓を閉めると、慌てて聡士の部屋をあとにした。

引き出しの写真は木箱ごと持ち出してしまった。あのメールの内容が——『引き出しの中身』が『役に立つ』という意味が——気になったからだ。

不思議なメールの正体はまだ分からない。妙に現実にリンクしているから、聡士が生前に仕掛けていたもののように思えてならない。でもその仕組みが分からない。

けれど、分からないなら調べればいい。

天才と言われた聡士のトリックをどこまで調べられるか分からないが、自分が前に進むには真相を知らなければならない気がするから。

木箱の写真は、それが分かるまで借りておくことにした。

分かり次第元に戻せばいい。

もう見て見ぬふりはやめにしよう。

聡子さんにスクラップブックのお礼を言い、木箱を借りる許可を貰うと、伊織は消灯されている櫓のステージを脇目に境内を抜け、足早に山門を後にした。

都会の煌《きら》びやかな夜とは比較にならないほど、普段の田舎の夜は暗い。

しかし明日に迫る祭りを前に、通りを彩る提灯飾りが光を抱えていた。そのおかげで、街灯が飛び石のように点々としているいつもの夜道よりもずっと明るくて歩きやすい。

伊織が付けて回った笹舟飾りも外れることなく風に揺れている。それを見ながら、実家に向かって歩いていたときだった。

「ん？」

不意に何かの気配を感じて伊織は立ち止まった。

振り返って背後を確認する。

街灯と提灯の明かりが作る影の中に、じっと目を凝らす。

「気のせいか……」

首を傾げて伊織はふたたび歩き出した。

見られているような気がしたのだが、住宅が疎《まば》らな通りだ。しかも田舎の夜は早い。夏でも冬でも、日の入りとともに外で見かける人はパタリとなくなるのが常だった。

ところがそこで、伊織はふたたび背後からの足音に気がついた。

生活音がない。車の通る音もない。小川のせせらぎと虫の音だけが満ちた穏やかな夜道だ。

だからこそ、その地面を擦った足音がはっきりと伊織の耳に届く。

思わず振り返りそうになったが、前を見たまま歩き続けた。

決して足は止めず、歩調を速める。これでついてこなければ、ただ同じ方向へ歩いている人がたまたま居合わせただけと思える。

だが、足音はついてきた。

伊織の歩調に合わせて歩く速度が速められる。

五十メートル？　いや、三十メートル？　徐々に距離を詰めて近づいてきている。

勘違いじゃない。確実に、何者かに後をつけられている。

怖い……どうしよう……

伊織は怯えながらも考えた。足音からして、まだ少し相手との距離はある。まがりなりにも元陸上の選手だ。実家まで全力で走ればきっと逃げきれる。

意を決して、伊織は一気に駆け出した。


久しぶりにダッシュして実家に帰りつくと、ダイニングにはすでに夕食の準備がされていた。

亜希子は台所からお皿をテーブルに運んでいる。久々の娘をもてなしているのか、今日もやけに皿数が多い。待ちかねていた夏雄は、ビール片手におかずを摘まみ始めていた。

「おかえり。ずいぶん遅かったわね」

いつもどおりの亜希子の声にホッとする。

「うん……」

「さっきお寺に電話したら、聡子さんがいま出たところだって言うから、ご飯用意しといたよ。食べましょう」

亜希子に促されるまま、伊織は弾む息を整えながら手を洗う。

食卓に着きながら、帰宅途中のことをさりげなく二人に報告した。あまり心配かけたくはなかったが一応話しておいたほうがいいと思ったのだ。

すると、みるみる顔を赤くした夏雄が大きな声で叫んだ。

「朝になったら交番に報告してくる！」

「そうね。明日はお祭りもあるし、心配だわ」

夏雄の怒りに亜希子も同調している。

穏やかな田舎だからこそ、少しの異変に過敏に反応するのだろう。

「いやいや、そんな大袈裟《おおげさ》な」

「大袈裟なもんか。変質者がいるっていうのは、お前だけの問題じゃない。祭りもあるんだ。子どもらに何かあったら大変だろう」

すでに酒で酔っていたはずの夏雄だが、言うことはもっともだ。

確かに明日は夏祭り。夜に出歩く子どもたちに何かあってからでは遅いのだ。

「あの黒服、境内の……」

ふと、先刻の光景を思い出して伊織はつぶやいた。

聡士の部屋から法川寺の境内を見下ろしたとき、喪服のようなスーツを着た男たちがいた。遠目だったので顔までは見えなかったが、先ほどつけてきた人物はその一味だったのではないだろうか。

そんな伊織の言葉に夏雄が反応した。

「境内？　法川寺のか？」

「うん。帰る前に境内にいたんだけど……でも同じ人たちか分かんないよ？」

伊織が説明すると夏雄は黙り込んだ。眉間に皺を寄せて手で顎《あご》を触っているのは、何かを考えているときの彼の癖だ。

「お父さん、どうかした？」

「いやな、聡士君が亡くなってから、たまに法川寺に黒服の連中が来てたんだよ」

伊織が尋ねると、夏雄はビールを一口飲んで続けた。

「クエスタリア社の関係者だと宗安が言っていたな」

「クエスタリア社って、聡士君の……。なんで？」

「詳しいことは知らん。ただ何かを捜しているようだったな」

飲みかけのグラスを机に勢いよく置きながら、夏雄は宗安から聞いた話を教えてくれた。

宗安のもとを訪れた黒服たちは、聡士の遺品について訊いていたという。確認させてもらえないかと。だが宗安はずっと断ってきたらしい。

「最近は、聡士君が亡くなったときに所持してたものだけじゃなくて、部屋の中まで見せろって無茶な要求をしてきたんだと」

「なんで？」

「だから、詳しいことは知らん。知りたきゃ宗安に訊いてこい」

「でも……」

「あの会社の連中と宗安んところの問題はデリケートなんだ。お前が深入りすることではない」

言って、夏雄はグラスの残りを呷《あお》った。

突き放すような態度だが、娘の身を案じてのことなのだろう。その証拠に、夏雄は一言「気をつけろ」と付け足した。その夏雄の言葉に伊織は黙ってうなずいた。


宗安や夏雄はクエスタリア社を毛嫌いしている。

理由は聡士のことだ。

聡子が集めていた新聞記事にも書かれていたが、警察の調査により聡士の死に事件性はなく、不幸な事故だったと断定されていた。

クエスタリア本社にある研究センターで、階段の一番上から足を滑らせて転落。頭を強く打ったことが死因らしい。研究詰めで連日徹夜が続いていたという。睡眠不足から注意力が散漫《さんまん》になっていたのだろうというのが警察の見立てだった。

しかし、聡士を知っている者ほど、その発表に納得できなかった。

聡士に限ってそんなヘマをするわけがない。

そもそも、とんでもないことを飄々《ひょうひょう》とやってしまうようなタイプだ。

何かを達成するために頑張っていたのは分かるが、徹夜してまでのめり込んでいたというのが聡士らしくない。彼なら、徹夜なんてしなくてもしっかり結果を残すだろう。

それは伊織も思ったことだった。

聡士は、行動するときには起こりうる可能性を瞬時に把握していた。

スーパーコンピュータの演算に似たその思考回路は、小さい頃には彼と家族を煩《わずら》わせもしたようだが、伊織の物心がつく頃には洗練され、言動としてアウトプットするのは最適な解だけになっていた。だが、彼が頭の中では常に考え続けていたのを、伊織をはじめ身内の者は知っている。

しかも、彼は運動神経も抜群に良かった。

その聡士に限ってそんな最期を遂げるなんて……

そんなこともあり、宗安に夏雄、聡子も亜希子も、もちろん伊織も、クエスタリア社には不信感を持っていた。いや、聡士のことが大好きだったこの町全体が同じように思っているかもしれない。

聡士はなぜ死んだのだろう。死ぬことになったのだろう。

彼は『伊織の願いを叶える研究』をしているのだと言った。

なら、その研究をしていなければ、聡士は死ななかったのだろうか。

聡士が死んだのは、自分のせいなのだろうか。

食事のあと、湯船に浸かりながら、伊織はクエスタリア社の真意に思いを巡らせる。

しかしあまりに少ない情報に、伊織の頭は混乱するばかりだった。

パスワード3

password 3

11

東京湾が目の前に迫る都内有数のオフィス街。

その中でもひときわ目立つ高層ビルの最上階で、仕立てのいいダークグレーのスーツを着た初老の男がため息をついていた。

すでに七十歳ほどだろうか。頬に刻まれた皺は深く、髪の毛は真っ白だ。しかしスーツに隠されているものの、その身体は引き締まっている。背筋の伸びた上半身、眼鏡の奥から光る鋭い眼光が、巨大企業を牽引《けんいん》するリーダーのオーラを放っていた。口に蓄えた髭《ひげ》も風格をさらに増している。

男は世界中にその名を知らしめるＩＴ企業・クエスタリア社の現社長、稔山正大である。

先代から世襲で会社を継いだものの、この会社がここまで大きくなったのは彼の手腕と人徳によるところが大きかった。

「どうすべきなのだろうな……」

悠々とスペースを取った社長室。巨大なデスクには写真立てが置かれている。それに視線を注ぎながら、稔山は一人つぶやいた。

わざわざ写真をプリントアウトして飾るなど今時珍しい。モニターに画像を出せばいいことだ。今ではデータで何でも残せる。景色も、音声も、思考でさえ……

だがデータは消えてしまうことがある。

稔山はそれが怖かった。だからこうしてプリントしたものを手元に置いているのだ。そして彼と同じように思う者は少なくない。過去に一度は廃《すた》れてしまったインスタントカメラが再流行したりするのは、きっとそういうことなのだろう。

稔山がデスクの写真を撮ったのはかれこれ二十年ほど前に遡《さかのぼ》る。

写真に写っているのは稔山の娘だ。十二歳、中学一年生の春である。

真新しい制服に身を包み、入学式に臨んでいる。学校の正門の前で、家族三人で撮ったものだった。歳の割には背が高く大人びた顔立ち。艶《つや》やかな髪を後ろでまとめている。頬には紅《あか》みが差し、全身から若い生命力が弾けている。その笑顔は、これから待ち受ける将来を想い輝いていた。

しかし、その娘はもうこの世にはいない。

当時の最新医療をもってしても治療困難な難病を患うと、彼女はあっという間に亡くなってしまった。まだ十代半ばの若さだった。

以来、稔山は才能ある若者への投資に力を入れるようになった。

娘に注ぐつもりだった愛情。行き場を失ったその受け皿を作るように。

その活動の核として、稔山は若者への投資のためのコンテストを、社の名前で大々的に開催するようになった。

毎年、新鮮なアイディアを持った学生たちを受賞させて支援してきたのだ。

しかし学生たちのアイディアは粗削りである。いくら資金を投じても成就《じょうじゅ》するとは限らない。

案の定、コンテスト開催から長い間、ビジネスとして回り始めるものは皆無だった。

ただ稔山にとってそれは二の次だった。

娘を失った悲しみを、若者の支援に充《あ》てることで紛《まぎ》らわしていたのだから。

これだけ金を遣っている。労力を注いでいる。

そう思うことが、娘を救えなかったことへの贖罪《しょくざい》であるかのように。

社内で絶対的な力を持つ稔山のこの事業に、異を唱える者はいなかった。

ところが、コンテストが節目の十回を迎えたとき、社内の空気が一変した。

一人の〝天才〟が現れたからだ。

彼は斬新かつ恐ろしいアイディアをコンテストで提示した。

他の審査員たちは彼のアイディアを高く評価する一方、提示したビジネスへの応用案には否定的だった。実現は難しい。壮大すぎる夢物語だと。

けれど、稔山だけは違った。

その実現を渇望《かつぼう》した。

なぜなら彼のアイディアは、稔山の夢を叶えるものだったからだ。

栄誉ある賞を受けた彼は稔山の惜しみない投資を受け、そのアイディアを形にすべく研究に励んだ。研究室と機材を与えると、まるで水を得た魚のように、その能力を遺憾《いかん》なく発揮していった。

研究の完成を待ち望んでいた稔山は、常に進捗《しんちょく》の報告を受けていた。

そしてその報告によれば、アイディアは着実に現実のものになろうとしていた。

だがある日、その報告がパタリと止んだ。

天才を補佐していた周囲の者たちによると、突如、彼の研究の手が止まったという。

稔山は苛立った。

それと同時に言い放った。

『誰か研究を進めさせろ』と。

研究室のあるセンターの非常階段下で天才の遺体が見つかったのは、それから数日後のことだった。稔山は監視カメラを確認したが、現場には彼しか映っていなかった。階段の一番上から、まるで自らの意思で転落していったようにしか見えなかった。

その日から、稔山は悩み続けていた。

彼の死は自分のせいではないのか。

自分の願いのせいで、自分の娘と同じような年齢の者を追いつめ、殺《あや》めてしまったのではないだろうか。自分と同じ苦しみを、彼の両親や親しい人たちに与えてしまったのではないのかと。

ところが、稔山の娘への想いは収まらなかった。

どんなに犠牲が払われても実現したい。

金も、労力も、時間も、すべてを注ぎ込んででも完成させたい。

取りつかれた妄執《もうしゅう》に、稔山は苦しみ続けていた。


そこに、扉をノックする音が響いた。

「社長、失礼します」

入ってきたのは、副社長の山浦潤一である。

背が高く、がっしりとした身体にストライプの入ったネイビーのスーツを着ている。長年稔山の右腕として、実質的なビジネスを取り仕切ってきた切れ者だ。稔山より一回り以上若いがその威圧感は圧倒的である。最も印象的なのはその眼だ。爛々《らんらん》と輝くその双眸《そうぼう》には、巨大ＩＴ

グループを率いる責任と自負、そして己の野心が内包されていた。

山浦はデスクの前まで歩み寄り、声を潜めるように稔山に言った。

「ご報告に参りました」

「報告？」

この日、山浦は確か横浜支社へ視察に向かう予定だったはずだ。何かあったのだろうか？

「横浜はどうした？」

「ええ、ご報告が終わったらすぐ発ちます」

山浦はそう言ったあと、さらに稔山に近づいて口を開いた。

「寺本聡士の研究についてです。申し訳ありませんが、社内のサーバーから各所のコンピュータ、改めてすべて確認させましたが、やはり彼の研究データはどこにも見つかりませんでした」

「そんな⁉　そんなことがあり得るのか？　あれだけのシステムだ。相当なデータ量だろう。クラウドは？　コピーして持ち出した形跡は？　そもそも削除履歴くらい見つかっただろう？」

ところが山浦は静かに首を横に振った。

「いえ。それがまったく痕跡がないんです。彼のために、すべてのネットワークから遮断された専用のサーバーを用意していました。しかしそこに何かが保存されていた形跡は一切ないんです。まるで溶けて消えたように。サポートをしていた研究員につぶさに調べさせていたので全解析に時間がかかってしまいましたが、やはり削除履歴すらありません。どうやったのか、彼らにも見当がつかないそうです」

山浦の確信に満ちた報告に、稔山は黙り込む。

しばらく考えたあと、絞り出すようにつぶやいた。

「そうか。それは残念だ」

「寺本の遺族にも、改めて遺品の確認をお願いしました。ですが、断られましてね」

寺本聡士の研究データ。

社内には見つからなかった。残された可能性は私的な場所だが、スーパーコンピュータをフル稼働して開発していたあれだけの巨大システムのデータをどのように持ち出すか。持ち出したとしてどこに保存しておくのか。

研究室内に私的なデータ保存媒体を持ち込むことは禁じていた。物理的にはあり得ない。そんな疑問も残ったが、彼ならやるかもしれない。

わずかな懸念として残るのは彼のスマホだ。

データ保存媒体にもなり得るが、扱うシステムに対してあまりに容量が小さい。それでも普通の研究者なら禁止しているところだが、開発責任者の彼には特例として、研究室内への持ち込みを許可していた。

もしかしてあれを利用したのだろうか。

だとしてもどうやって――

事故現場で見つかった寺本のスマホは警察が保管して彼の遺族へと返している。警察が駆け付ける前に回収しておかなかったのは明らかに稔山たちのミスだが、研究センター内での死亡事故に動転していたせいだ。アシスタントの研究員がすぐに警察に通報したため、吟味《ぎんみ》する余裕がなかったのもある。なにより寺本自身が、スマホを隠すように服の下に抱えていたらしい。

その後、山浦がスマホの重要性に気づき回収しようとしたが、派遣した実働部隊の報告では、遺族の反応は芳《かんば》しくなかったようだ。

「仕方のないことだな。私にもご遺族の気持ちは分かる」

「彼は研究センター内に与えた個室で寝起きしていました。もちろんそこも捜査しましたが何も出てきていません。あと考えられるのは親族のもとでしょう。社長、長いこと手をかけずにおきましたが、やはりもう次の段階に移りましょう」

淡々と話す山浦の言葉に、稔山はわずかに顔を歪《ゆが》めた。

『次』とは実力行使のことだ。

交渉が上手くいかない以上、強引にでも手に入れる必要がある。違法な手段に出ることもあるだろう。このために雇った実働部隊に家宅へと侵入させ、遺族に気づかれぬように目的の遺品を回収させる。両親のもとから、亡くした一人息子の遺品を。

山浦に躊躇いはない。

しかし命令を下している当の稔山は、その計画に躊躇いがあった。

「最近、スマホの在処《ありか》に繋がる情報を入手しまして……」

山浦のつぶやきに稔山が前のめりになる。

「在処？　本当か？」

「はい。微弱ながら電波をキャッチしました。何者かが電源を入れたのでしょう。惚《とぼ》けていましたが、やはり実家の両親の元にあるようです」

それを聞き稔山は深いため息をつく。

山浦が再度言った。

「社長、よろしいですね」

だが、稔山は目を閉じて考え込んでいた。

だが、やがてゆっくり目を開けると山浦を見つめて言った。

「山浦君。確かにデータを回収するには、もうそうするしかないのかもしれない。三年近くものあいだ見つからなかったものだしな。だが、くれぐれもご遺族には負担をかけぬよう配慮してくれ」

「ええ。もちろん」

「無理なら、深追いはせんように」

「その点は心得ております。社名にも決して傷はつけませんのでご心配なく。必ず社長のご期待に応えてみせます」

社長室を出た山浦は、副社長室のある階下に向かいながら自身のスマホを取り出した。そして登録してある番号へ発信する。相手はすぐに電話に出た。

「私だ。どうだ？」

相手は、寺本聡士の遺品回収に向かわせた実働部隊だ。現地——寺本聡士の生家がある町へと赴《おもむ》き、その両親に遺品を確認させてくれと依頼して断られている。

それを見越して、山浦はすでに遺品回収の次なる指示をしていた。

山浦が横浜視察の出発を遅らせてでも社長室に行ったのは、稔山の迷いを拭うため。先ほどは形式上の確認をしたまでだったのだ。どうせやるならば早々に片づけるべきだと考えていた。

だが、部下からの報告に山浦は眉根を寄せた。

「なかっただと？」

部下の報告では、見つからぬように家捜しをした結果、保管されていた遺品を見つけたという。だが、警察から引き渡されたものの中にも肝心のスマホだけがなかったらしい。数日前から突如電波が入ったので、探知機材を使いながら侵入したのだが、家の中のどこにも目的物の反応はなかったとのことだった。その後、電波はまた摑めなくなったらしい。

事前にあったはずのものがなくなった。考えられるのは、直前に移動され、隠されたということだ。稔山の意向でまずは穏やかに遺族へコンタクトを取ったが、それで警戒されたのかもしれない。

「クソッ！」

山浦は大きな舌打ちをすると、早くも次の一手を考え始める。

とそこで、電話の相手が思わぬことを言い出した。

「寺本の家に出入りしていた女？　幼なじみか」

遺品を捜しに部下たちが侵入する少し前、寺本家から出ていった若い女がいたという。後をつけたが、明かりの疎らな暗闇の中を突然逃げられて見失ってしまったとのことだった。

度重なる失態に、山浦は語気を強めた。

「寺本の遺品はその幼なじみの女が持っていった可能性がある。そいつの所在を突き止めて、遺品の場所を探れ。小さい町だ。簡単だろう。今日はその町の夏祭りだ。会場に人が集中するぶん他は手薄になるはずだ」

言って、山浦は口の端を上げる。

都会に比べて明かりの少ない田舎町。人が一人くらい消えても、騒ぎになるまで時間がかかるはずである。

電話の向こうの部下に、山浦は一際低い声でつぶやいた。

「必ず回収しろ。手段は、選ばなくていい――」

12

午前七時。

夏祭りの当日は、連日の快晴を維持したまま訪れた。

空は青々と晴れ渡り、この時間にもかかわらずすでに気温が上がっている。夜の間に町を覆っていた霧は消えていたものの、樹々の葉をほんのりと湿らせている。吹き抜ける風は清々《すがすが》しいが、やがて猛暑になるだろう。

そんな人気《ひとけ》のない朝の境内に、伊織は夏雄とともに一番乗りでやってきていた。

祭りは夕方から始まるため、メイン会場の法川寺にもまだ人影はない。

七月七日から始まった大祭の準備は、一ヶ月以上を費やして昨日までにほぼ終わっている。境内の中央には見事な櫓が組まれているが、そのうえで流香はダンスを披露するらしい。このあと、参道に縁日のテントが建てられ、それぞれの店で仕込みが始まる予定だ。

そんな朝イチの祭り会場に、伊織たちは別に散歩に来たわけではない。

夜道で黒服に追われた昨夜の出来事を宗安たちに報告しに来たわけでもない。

朝起きると夏雄が『今回も伊織に任せる』と言い出したのだ。

「じゃあ、行ってきます」

伊織は、法川寺の敷地の奥にある古びた門の前で夏雄にそう言った。

動きやすい服装に、水筒などを入れた小さなリュックを背負っている。

普段は錠前で固く閉ざされているその門の先には、こちらも同じくらい古い一本の小さな吊り橋が架かっている。法川寺の脇を流れる御法川を跨《また》ぐように架かったこの橋は、川の向こう岸へ渡れる唯一の道だった。

橋から続く山道の先には法川寺の奥の院がある。

夏祭りの当日にその奥の院へと赴き、御堂開《みどうびら》きをする〝大事な役〟を伊織は任されたのだ。

奥の院を開くのは毎年のことではない。三年に一度の大祭のときだけだ。

それは法川寺の住職ではなく檀家たちの仕事で、檀家総代を務める夏雄が近年は担当していた。

だが今年、総代の夏雄は町に残って仕切ることがたくさんある。亜希子では体力が心もとない。

そこで急ではあったが、すでに経験のある娘に白羽の矢が立ったのだった。

「本当に一人で大丈夫か？」

錠を外して重く軋《きし》む門を押し開けた夏雄が、心配そうに尋ねる。

「お父さんが私に任せるって言ったんじゃないの。他に行くところがあるからって」

「それは……まあ、そうだが」

「っていうか、別に初めてのことじゃないし。大丈夫だよ」

「そうじゃない。昨日みたいなことがあったら、心配もするだろう」

「昼間だし、さすがに大丈夫でしょ。それに、奥の院までの道は門から一本だけで他にはないし。私が入ったあとは内側から施錠するわけだし」

伊織の言葉に、「それもそうか」と夏雄は納得した。

この門から先、徒歩で二時間ほどかかる奥の院まではさして険しくはない道のりだ。だが、ある程度整えられた石畳の道を除いては獣道で、川に削られた崖によって自然に隔離された場所となっているのだ。人間よりも熊などが出ないか心配になる古道なのである。

「宗安にも不審者がいないか目を光らせておくよう言っておく。気をつけて帰ってこい」

「はいはいっと」

心配そうに見送る夏雄に軽く手を振り、伊織は門の中へと入っていった。

足元をうねるように流れる御法川。

頼りない小さな橋の上から眺めていると、落ちて流されそうな錯覚に陥るのは昔からだ。伊織はあまり下を意識しないように、顔を上げて向こう岸を目指した。

たどり着いた先には、しめ縄を垂らした鳥居が立っている。それを潜《くぐ》り、伊織は風化の進んだ石畳の道へと足を踏み入れた。

法川寺の奥の院は、御堂でありながら鎮守社でもある。

もともとこの地の土地神を祀《まつ》っていた神社が、川の氾濫で流された死者を弔うために建てられた寺院である法川寺と混じったのだ。神社の入口であるはずの鳥居が立っているのは、明治時代の国策を経てなお、神道と仏教が融合していた時代の名残りである。

そして、その神社の神職だったのが伊織の先祖だ。法川寺の檀家総代と、奥の院を開く役目。それを小川家が代々担っている理由である。

「三年ぶり、か……」

真夏の日差しすら遮る厚い木の葉の陰で、伊織は思わずつぶやいた。

耳を打つ川のせせらぎの音、ひやりとした空気の質感とむせ返るような草木の匂いに、最後にこの道を通ったときのことを思い出していた。

奥の院は、三年に一度、大祭の日にだけ開かれる。

そこが彼岸と此岸を結ぶ場所、故人たちの魂が通り抜けて帰ってくる通路とされているからだ。ゆえに常時開け放っているわけにもいかず、夏祭りの日であっても奥の院の扉が閉ざされていれば故人の魂は帰ってはこられない。そのように言い伝えられていた。

三年前も、伊織が奥の院の扉を開きに向かったものだ。

そしてその隣には聡士がいた。

『一人でも大丈夫って言うけど、心配だからさ』

聡士の声が昨日のことのように蘇ってくる。

山の傾斜に沿って勾配のついた蛇行する道。一歩一歩進むたびに、まるで三年前に戻ってゆくようだ。五感が刺激されて、過去の記憶が一つまた一つと蘇る。

『馬鹿にしてないって——って伊織、足元に気をつけて。ほら、そこ、躓《つまず》く』

「あっ——ぶない。また転ぶところだった」

伊織は慌てて体勢を立て直す。

三年前にも躓いた地面の出っ張りに、ふたたびつま先を引っかけてしまった。あのときは転びかけたところを聡士が手で支えて助けてくれたのだ。

『手を繋ぐのは恥ずかしいって？　でも、繋いでないとまた躓くよ』

「ああもう、大丈夫だってば」

記憶の声を振り切るように伊織は先を急ぐ。

凸凹《でこぼこ》な石畳の道を、前に、前に。上に、上にと。

「一人でも……大丈夫だし……あの頃とは、違うんだし……」

息を荒くしながら伊織はつぶやく。

この道にただ一人きりの自分に言い聞かせるように。

ここは標高二百九十七メートルである。

自然石をそのまま組んだような素朴な階段が、下草の間からわずかに覗いている。

朝露に濡れた石段で足を滑らせないように注意して、伊織は最後の勾配を登りきった。

その瞬間、視界を塞いでいた樹々が途切れて急に明るくなる。目の前に、テニスコート半面ほどの平地が現れた。周りを大きな木で囲われているため、石段を登ってこないと分からないが、ここが法川寺の奥の院。かつて神社が存在していたときは、ご神体が祀られていたお社《やしろ》だった。今は、亡き魂が天から最初に降りてくる場所ということになっている。

その中央に、小さな建物がちょこんと鎮座していた。

総檜《そうひのき》の立派な造りだが、建てられてからどれほどの月日が経ったのだろう。木材は風雨に晒されてくすんでいる。

夏雄と別れてもう二時間経っただろうか。

伊織はようやく裏山の頂上にたどり着いた。

「ここも変わってないな……」

三年前から時が止まっていたかのように、奥の院は周囲に立つ高い木々に隠れていた。

『三年後、また一緒に来ような』

ただ、そう言っていた人が隣にいない。

「嘘つきだ……」

伊織は一つため息をつくと、木洩れ日の中に足を踏み出した。

キラキラと日差しに輝く糸は蜘蛛《くも》の巣だ。奥の院を守る結界のように張り巡らされたそれを手ではらいのけながら、木造の小さな扉に近づく。

夏雄から渡されていた鍵で、長らく閉ざされていた扉を開いた。白煙のような土埃《つちぼこり》が舞い上がる。

伊織はそっと奥の院の中を覗き込んだ。

水を張ったような鏡の御神体が祀られている。特に異常もなさそうだ。

背からリュックを下ろし、持ってきた御供物を取り出す。それを御神体の前に置いて、不備がないか確認する。

「ん。これでよし、と――」

これで亡き魂が降りてこられる。

大祭の準備はすべて整った。

と、そのとき、神聖な場の雰囲気に似つかわしくない、スマホのデジタル音が響き渡った。

何度か聞いた通知音に、伊織は慌てて確認する。

またしても例のメールだった。

【文字　蛹悶¢　の規則性を見つけた　縺九ｉ繧　このメール　縺ョ∬ｸ蠢ｸ→驛ｨ蛻⁇縺阪

▲縺ｨ　読めるはず　繧　鏡の裏を覗いて　縺ｿ縺ｦ繧】

やはり、伊織の行動を見ているようなタイミングだ。

なぜ？　どうやって？

伊織は驚いて周囲を見渡す。誰かに監視されているのだろうかと思ったが、ここに入ってきてまでわざわざこんなメールを送る意味が分からない。

送り主はやはり聡士だろう。

亡くなる前に、彼は何か施していったのだろうか。彼ならば、そういう装置の類を創っていてもおかしくはない。

けれどいったいどうやって？　そして何のために？

考えても、天才の考えることは分からない。

昔からそうだったのだ。伊織は何度ももどかしい思いをした。だからこういうとき、どうしたらいいのかも覚えがあった。

「とりあえずやってみろ、ってね」

問題を解いてみて、当たっていたらそれでよし。外れていたら、また考えればいい。幼い伊織は、試行錯誤することで彼の考えに近づこうとしていた。あの頃は行き詰まったときに聡士がヒントをくれたけれど……

メールの中の解読できる部分に従って、伊織は奥の院の中に目をやった。

「鏡っていったら、これしかないよね」

ここにある鏡といえば、御神体として祀られている神鏡しかない。

「裏を覗くなんて、なんか罰当たりじゃないかな」

誰に尋ねたわけでもなく、伊織は途方に暮れてつぶやいた。

自然の奥で時を経たただでさえ古い奥の院だ。人知の及ばない存在がいても不思議ではない。

けれど、メールには『鏡の裏を覗いて』とある。

これが聡士が何らかの方法で残したメッセージなのだとしたら……

そう考えると、伊織には無視することもできない。

「し、失礼しまーす」

何となく断りを入れて、伊織は奥の院にしずしずと足を踏み入れた。人一人でいっぱいになりそうな狭い空間の中、祀られた神鏡の裏を覗き込む。

直後「あ！」と小さな声を上げた。

神鏡の裏に笹舟が置いてあったのだ。

伊織は恐る恐るそれを手に取る。

「あれ？　これ、笹じゃなくて紙でできてる？」

薄暗い奥の院から外に出てよくよく見ると、それは笹ではなく折り紙で作った舟だった。

「なんでこんなものが……あっ！」

樹々の間から差し込んだ光が笹舟に当たると紙が透ける。伊織は紙の裏に何か書かれていることに気づいた。

舟の形から開いていって、一枚の紙の状態に戻す。

紙には、数字とアルファベットが羅列されている。

その文字は伊織にも見覚えのあるものだった。

「これ、聡士君の字だ……」

見間違えかと思った。だが、やはり勉強を教わったときに何度も見た文字だ。伊織に字の書き方を教えてくれた字だ。

それを見て伊織は確信した。

あの謎のメールはやはり聡士が送ったものだと。

だが、その意図が分からない。何かを伝えたいのだとして、なぜこんなに回りくどい方法を取るのだろうか。遺書を書いて宗安に託しても、机の中に忍ばせるなりしてもよかったはずだ。メールで送れないような話だったのだろうか。せめて言葉も添えてくれたらよかったのに。

「この文字、何なんだろう？」

伊織は折り紙に記された文字を改めて見つめる。数字とアルファベットの組み合わせは、よくスマホやパソコンの画面の中で見かけることがあった。

パスワードのように思える。

だが、それならいったい何のパスワードなのか？

「パスワードを入れるようなものでしょ？　このメモには一緒に書けないとしても、聡士君、メールに書いてくれてたらいいのに、なんで——」

無意識にスマホを手にして伊織はハッとした。

該当するものが一つだけ手元にあったからだ。

「そうだ、あのスマホ……」

宗安から渡された、聡士の遺品のスマホ。

このメモの文字がパスワードだとして、入力できるものといったら、思い当たるものはそれしかない。

13

折り紙の数字を見つめているうちに、伊織はいても立ってもいられなくなった。

奥の院に背を向けて、往きよりも速い足取りで上ってきた道を戻ってゆく。気持ちが急《せ》いていた。早く聡士のスマホを確かめたい。彼が遺したメッセージの示す先に、いったい何があるのかを見てみたい。

伊織は、往きの半分の時間で山道を下った。

吊り橋を渡って法川寺の旧門へ帰り着くと、その足ですぐさま実家へと向かう。

道中、気づけば駆け足になっていた。

気温が上がっていく時間帯なのもあって、息が上がる。ひんやりしていた奥の院への道よりも町中の気温はずっと高く、実家の門に着く頃には汗でグシャグシャになっていた。

だが息つく暇もなく、伊織は玄関を開けるなり自室へと一直線に向かった。

帰省した日に閉ざして以降、一度も開けなかった――いや、開けるつもりもなかった勉強机の引き出し。そこに手をかける。

引き出しに入れたうえに、本や雑誌などをいくつも被せていた。気持ちを鎮めるために、わざと隠すように仕舞っていたのだ。

伊織はそれらをどけて、聡士のスマホを取り出した。

操作すると画面に明かりが灯る。

受け取ったその日に充電したバッテリーはまだ残っていた。

画面ロックはそのときに解除済みだ。

伊織はふたたびロックを外してホーム画面を開くと、改めてその中を確かめてゆく。スマホの設定、インターネットのブックマーク、ファイル閲覧用のアプリ……

何か、どこか、メモにあったパスワードを入力するようなものがないか探してゆく。

だが、見当たらない。

「なんだろう。違うのかな?」

聡士のスマホを手に伊織は首を傾げる。パスワードはスマホに入力するのかと思ったのだが、考え方が間違っている?

そのとき、伊織のスマホが通知音を鳴らした。

見ればいくつかメールが来ている。

「全然気づかなかった……」

奥の院から実家に戻っている間に届いていたらしい。

伊織は急いで最新のメールを開いた。

【莉翫☆縺　逃げろ　縲　そこ　縺ｫ縺?k縺ｮ縺ｯ　危ない　縲】

「え?」

伊織は思わず声を上げる。

「逃げろ?　危ない?　どういうこと?」

その前に届いたメールを一つひとつ遡るように開く。

【後ろ　繧定ｦ九m縲　尾行　縺輔l縺ｦ繧九?】

【鬆ゾ繧ゥ縲　気づいて　縺上l縲】

【今　縺ッ縺ゥ繧〈□縲　一人で家　縺ォ蟶ｰ繧九ｩ縺ッ　まずい　縲】

【蜷縺ッ　狙われている　縲】

「え――」

瞬間、気配を感じて、伊織は背後を振り返った。

同時に口を塞がれる。

「んっ⁉　んんーっ！」

何かが口の中に転がり込んできたため思わず呑み込んでしまった。

なに？　誰？

そうだ玄関の鍵――

伊織は思い出す。鍵をかけないままにしてしまっていた。東京の自宅だったら考えられないことなのに、この町ではあまり意識しない。この家に住んでいた頃の癖が無意識に出てしまっていたらしい。だが、家の中にまで入ってくるなんて。

それに自分は今、いったい何を飲まされた？

「んーんっ！　んんんーっ！」

「静かにしろ」

暴れる伊織の耳元で、羽交い絞めにしてきた男が低い声で囁《ささや》く。

警告のようなその言葉に、伊織は身を強張らせて大人しくした。

状況を確認する。

体格のいい男が三人。隙をついて逃げるのはさすがに無理だ。大声を上げても、隣の家まで距離があるし、誰かが家にいるかどうかも分からない。そもそも口を塞がれて大声を上げられない。

どうしよう。どうなるんだろう。この人たち、何が目的なの？

伊織が考えを巡らせていたそのとき、男の一人が声をかけてきた。

「これは寺本聡士の遺品か？」

黒服が伊織の手から聡士のスマホをむしり取って言った。

なんでそんなことを？

伊織が不思議に思っていると、黒服がふたたび口を開く。

「イエスなら首を縦に振れ。ノーなら横に。嘘をつけば後悔することになるぞ」

口を塞がれている伊織は苦々しい気持ちで首を縦に振った。

伊織のその反応で、男は聡士のスマホを懐にしまい込む。男たちの目的は、どうやら聡士の遺品だったらしい。

やはり彼らはクエスタリアの――

そう思った瞬間、伊織の目が霞《かす》んだ。

グラリと世界が傾《かし》ぎ、膝から力が抜けて自力で立っていられない。さっき飲まされたものの影響だろうか。

「よし、連れていけ」

男の冷たい声が聞こえたのを最後に、身体の自由が利《き》かなくなる。

伊織の意識は、そのまま遠のいていった。

14

晴れ渡っていた青空が陰りを見せ、西の空が少しずつ暮れていく。

蟬の大合唱は勢いを弱め、代わりに蜩《ひぐらし》の鳴き声があたりを包んでいた。

大祭の開始時刻が迫り、会場となる法川寺の境内には人が集まってきている。

昼過ぎに始まった屋台のテント造りはほぼ完了していた。公には知らされていないが、出店主たちはＬｕｃａのライブ情報を入手している。ライブ開始は十九時だが、十八時から開始までのどこかでＬｕｃａ自身がＳＮＳで告知すると決まっていた。

そうなれば、いつもの夏祭りの客だけでなく多くのファンが境内に押し寄せる。屋台の売り上げも急上昇するだろう。心なしか店主たちの鼻息も荒かった。

時刻が十六時を回る。

と同時に、檀家たちが揃いの浴衣と法被《はっぴ》を身にまとい境内に集合する。小さな町の大人たちはほぼ全員揃っていた。もちろん、檀家総代である夏雄と亜希子の顔もある。

そしてついに、大祭の開始を告げる行事が始まった。

豪華な袈裟《けさ》を着た宗安が境内に現れる。

「檀家の皆さん、お集まりいただきありがとうございます。今年は三年に一度の大祭です。七夕から準備を始めていただき、無事本日を迎えることができました。

すでに今朝、小川さんのところの伊織ちゃんが奥の院の扉を開けてきてくれました」

檀家総代の娘の名前に、檀家の中から拍手が湧く。

夏雄と亜希子の顔に、誇らしげな笑みが浮かんだ。

その後、宗安が祭りの由来と継承の大切さを説く。檀家たちには耳にタコができるほど繰返し聞いてきたことだが、これも行事の一環だ。

その後、挨拶が一段落すると「では」と言って宗安は本堂のほうを向いた。

普段、本堂の正面入口は鍵がかけられている。先代の時代は常に開け放たれていたが、中には江戸時代初期より受け継がれてきた阿弥陀如来像《あみだにょらい》が安置されていた。文化財の盗難事件が頻発していたので、宗安の代になってから鍵をかけるようになったのだ。

檀家の見守る中、宗安が階段を上がっていく。阿弥陀如来に手を合わせたあと、大仰な南京《なんきん》錠《じょう》に古めかしい鍵を差し込んだ。

ギシッという錆《さ》びた金属の擦れる音がして錠が外れる。正面扉を全開にすると、穏やかな顔をした阿弥陀如来が姿を現した。

それを見て檀家一同も手を合わせる。

「ではこれより、法川寺、還魂祭を開始いたします」

宗安の宣言のあと、境内にいた全員から大きな拍手が湧き起こった。

その後、宗安と主だった檀家は本堂でお経をあげ始めたが、町のほとんどの人々にとって、祭りとは屋台であり、踊りであり、花火などの娯楽だ。

特に子どもたちにとっては夏休み中の最大のイベントである。境内に飾られた提灯に明かりが灯り始めると、たくさんの子どもたちの笑い声が境内に溢れた。

焼きそば、焼きトウモロコシ、フランクフルト、たこ焼き、イカ焼き、焼き鳥、あんず飴《あめ》、クレープ、かき氷、チョコバナナ、綿飴……

射的、金魚すくい、千本引き、ヨーヨー釣り、輪投げ……

あらゆる屋台が参道を埋め尽くし、訪れた人々に威勢のいい声を上げている。人気の屋台には早くも行列ができていた。

十七時を過ぎると、本堂でお経をあげていた檀家衆も境内に戻ってくる。

それに合わせて、青年団がこの日のために練習していたお囃子《はやし》を奏で始めた。

と同時に、境内の中央に設置した舞台の上に、着物姿の子どもたちが現れた。

祭りの由来となった洪水の物語を忘れないために、連綿と受け継がれてきた芝居である。お囃子に合わせて踊る子どもたちが、当時の悲劇と、それをどのように乗り切ってきたかを見事に演じる。

お年寄りたちは何度も観てきた伝統劇ではあったが、身内の子どもが登場するたびに拍手を浴びせていた。中には涙ぐむ人もいる。

陽が沈むにしたがって人の数は増え、徐々に混雑してくる。

この日のために雇った警備員があたりの車を誘導している。町に一人だけの駐在警察官が、境内脇の運営本部で指示を飛ばしていた。

こうして祭りの熱気は少しずつ高まっていく。

このあとに控えるライブ、そして祭りを締めくくる祭事を見るために、多くの人が境内に集まっている。

しかしそこに、伊織の姿はない。

奥の院への使者は、祭り開始の行事に参加するのが習わしだというのに。

「あいつ、どこで何やってんだ？」

そんな夏雄のボヤキにもかかわらず、いつまでたっても伊織は会場に姿を見せなかった。

15

透明な壁一枚を隔てて、外は空だ。

遥か下方には、隙間なく敷き詰められたような街並みが広がっている。

それをクエスタリア社の副社長室から眺めながら、山浦は静かに口の端を上げた。

「そうか。手に入ったか」

部下からの電話は寺本聡士の遺品を入手したという報告だった。

山浦が待ち望んでいた吉報《きっぽう》である。

「スマホは月岡《つきおか》に渡せ。そちらに向かわせた……ああ。寺本の幼なじみだが、聞き出せるだけのことを吐かせたら、しばらく拠点に寝かせておけ。すべて終わったときに邪魔になるようなら、山奥にでも置いてくればいい。夏は熊との遭遇も多い時期だそうだからな」

それだけ言って山浦は電話を切った。

窓の向こう、暮れていく空を睨みながら、その口元に薄く笑みを浮かべる。

「寺本、お前の思い通りにはさせんぞ。研究の成果は必ず見つけ出す」

今世紀最大の発明となるはずだった寺本聡士の研究——通称『RENO《レノ》』と名付けられたそのプロジェクトは、彼の死とともに開発が止まった。中止となったわけではない。別の研究者に引き継がれるはずだった。

だが、それはなされなかった。

聡士の死後、社内のどこを捜しても、『RENO』についての研究データが見つからなかったのだ。一切の痕跡すらなかった。まるで最初からそのような研究など存在していなかったかのように。

それは、つまり消去されたということだ。消去履歴さえ残さずに。

社長の稔山は研究の継続について判断に悩んでいたが、山浦は完成まで継続すべきだと主張した。

ここまですでに巨額の費用をかけている。社内外を問わずに調査し、もしデータが残っているのなら捜し出して回収すべきだと。

山浦の提案を受けても、稔山は及び腰だった。

稔山も山浦も、聡士の研究に魅力を感じている。

しかしその本質はまったく違った。

稔山は個人の欲求を満たすため。

山浦は莫大な利益を生むビジネスのためだ。

研究を引き継がせ、完成させて世に出す。そうすれば研究に投資した資金も回収でき、何十、何百倍もの利益を挙げることができる。そして、その功績を得れば、山浦は稔山を失脚させて社長の座に就くことができる。世界中の株主たちもそれを望むだろう。

そのためには手段を選ばない。

決意を込めるように、山浦は部下に指示したスマホを握りしめた。

パスワード4

password 4

16

薄《うつ》らと目を開けたとき、伊織は置かれている状況が分からず呆然としていた。

夕焼けの日差しで茜色《あかねいろ》に染まった畳は、子どもの頃お昼寝から起きるとよく目に飛び込んできた光景だ。日中に熱せられた空気を冷やすかのように、窓から吹き込んでくる涼しい風もどこか懐かしい。

叫ぶような蟬たちは鳴りを潜め、代わりに子守歌のような鈴虫やコオロギの声が響く。

いったいいつの夕暮れなのだろう。

ここは……？

ゆっくりと意識を取り戻し、伊織は周囲を見回す。

吊るされた竹籠のような照明は灯をいれておらず、光源は窓から差し込む夕陽だけ。い草の匂いが薄くなった使い古された畳に、雨漏りのような染みがある板張りの天井。どこかの旅館の一室のようにも見えるが覚えのない場所だ。空気も埃っぽい。

部屋を観察していると、徐々に頭の中がクリアになっていく。

意識を失う前に何があったのか、ゆっくりと記憶が蘇ってきた。

奥の院で聡士が残したらしいメモを見つけ、そのまま実家へと聡士のスマホを取りに走った。

部屋の机の引き出しから取り出し、メモにあったパスワードらしき文字を入力できないかと試行錯誤して——

そこで伊織は思い出す。

いきなり黒服の男たちが部屋に侵入してきて、睡眠薬か何かを飲まされ、意識を失った。

そしてここに連れてこられたのだ。

そのあと、ぼんやりした意識の中で、持ち物すべてを奪われたのを思い出す。財布、スマホ、そして聡士の壊れかけたスマホも……

加えて黒服の男たちからいろいろ質問されたような気がするがはっきりと覚えていない。

何も知らない。分からない。ただ、そう答えたような気がする。

そしてそれは嘘ではない。本当に何も知らないのだ。

その後黒服の男たちは諦めて去っていったが、きっとこのままでは済まないだろうと伊織は思う。

いったい自分が何をしたというのだ。

当初はシークレットライブが目当てで町に舞い込んだ流香のファンが暴走している可能性を考えた。しかし聡士のスマホを狙っている以上それはない。

クエスタリア社だろうか。

聡士の身辺を調査しているようなことを夏雄が言っていた。だとしても自分が狙われる理由が分からない。聡士の研究のことなど、素人の伊織は何も知らないのだ。

なんとか逃げないと。

そう思って身体に力を入れたとたん、身動きが取れないことに気がついた。

ロープか何かで後ろ手に縛られているようだ。見れば脚もロープで拘束されている。もがいてみたが手も脚もビクともしない。口には猿ぐつわがされていた。

何これ……

力尽きたように畳の上に倒れたまま伊織は呻き声を上げた。

拉致《らち》だろうか？

どうしてこんなことになってしまったのだろう？

自分はどうなってしまうのだろう？

（助けて。聡士君……）

助けてくれるはずがない。亡くなった、もうこの世にはいない人間なのだから。

そう分かっているのに彼の名を心の中で呼んでしまうのは、あのメールのせいだろうか。どこかに気配があるように錯覚してしまう。もしかして、彼はまだどこかで生きていて、自分を助けてくれるのではないかと――

カタンと音がしたのはそのときだった。

部屋の入口だ。かすかに開けられた扉から忍ぶように誰かが入ってくる。室内の薄暗さからその顔はよく見えない。

「んんっ――」

状況を尋ねようとして伊織は声にならない声を出す。しかしそこで口に手を当てられた。

「静かに」

耳元で彼女の声だ。

若い女の声が囁く。

「助けてあげる。だから声は上げないで。見張りがいるのよ」

端的な説明に、伊織は喉元まで出かかっていた声を呑み込んだ。分かったと目で合図する。見えているかは定かではなかったが相手には通じたようだ。

女は、伊織の腕と脚を拘束するロープをカッターで素早く切る。猿ぐつわも解いてくれた。

伊織に手が差し出され助け起こされる。寝返りも打てなかったからだろう。立ち上がった伊織の身体は軽く痺《しび》れていた。

「発信機の類はつけられてないみたいね。よし、ついてきて」

言われるまま、伊織は女の後を追った。


扉の外は漆喰《しっくい》の壁が続く廊下だった。

女がスマホのライトで通路を照らせば、壁はところどころ剥がれ落ちており、床に敷かれた絨毯《じゅうたん》も色褪せているのが見えた。ずいぶんと年季を感じさせる場所だ。

やがて女は、緑の非常灯すら消えた扉にたどり着く。先に首を出して外の様子を窺《うかが》ったのち、女は「出て」と伊織を誘導する。伊織は言われるままにした。

扉の外は非常階段だ。

掃除が行き届いていないというより、もはや誰にも使われずに放置されて長いのだろう。金属が朽ちたザラリとした感触が掌に触れる。恐る恐る足を踏み出すと、ギッと嫌な音がした。

「怪我しないように気をつけて。あと、落ちないように」

女の言葉に伊織は眉を顰めた。

足元を見たとたん、底知れぬ恐怖が鳩尾《みぞおち》あたりに迫《せ》り上がってくる。目が薄闇に慣れてくると、どうやら自分たちは建物の三階ほどの高さにいるらしいことが分かってきた。階段を下りるたびに、ギチギチと音を立てて今にも朽ち落ちそうに揺れている。

だが、ここは黙って彼女についていくしかない。逃げ出せたのかもまだ分からないし、ここがどこかもまだはっきりしないのだ。

そして、この女が誰なのかも。

「私は、月岡紫月《しづき》」

伊織の心のうちを読んだかのように、先を行く女が名乗った。

脱出に夢中だったが、改めて見ると目の前の女はずいぶん若い。濃紺のパンツスーツを着ているため大人っぽく見えるが、二十代半ば、いや伊織とさほど変わらないかもしれない。短めのボブヘアー。伊織同様、化粧っ気のない顔はスマホのバックライトに照らされて青白い。細い顎、通った鼻筋。ノンフレームの眼鏡の奥から切れ長の目が伊織を見つめていた。

「えっと、私は小川――」

「知ってる。小川伊織さんでしょ」

先回りしてくる月岡の声に、伊織は名乗る途中でうなずいた。

「知ってるから、助けに来たの」

「どうして……っていうか、なんで私あんなところに？」

疑問が次から次へと湧いてくる。

「あなたは知ってるの、月岡さん？」

月岡の背に向かって伊織は尋ねた。だが、返ってくる答えはない。

彼女がようやく口を開いたのは、足場の心許ない非常階段が終わり、二人の両足が地面に着いたときだった。

「私はクエスタリア社の研究員。寺本聡士のいた研究チームのメンバーで、彼の研究の後継者よ」

小走りに建物を離れながら彼女はそう言った。

伊織は一瞬呆然としたが慌ててついていく。あれだけ湧いてきていた疑問が喉元で詰まってしまったかのようだった。

「あなた、あのままあそこにいたら、拷問紛《まが》いのことをされてたわよ。だから見張りにお金を握らせてちょっと外してもらったの」

その言葉に伊織は息を呑む。

月岡はそれには構わず前を向いたまま、先を急ぎながら説明を続けた。

「寺本聡士の研究データね。あれ、行方不明なのよ」

「行方不明？　それ、なくなったってことですか？」

「そう。寺本が社内からデータを消したみたいなの」

「聡士君が、消した？」

「で、研究データを寺本は社外に持ち出してたんじゃないかって。それを見つけようと、副社長の山浦が必死なの。そのためには汚いこともするつもりみたい」

「山浦……」

伊織も聞き覚えのある名だった。

ふと思い出す。聡子が集めた新聞の切り抜き……そのスクラップブックの記事の中で見かけたのだ。

「あなたがあの旅館に監禁されたのは、失われた寺本の研究データの在処をあなたが知っていると山浦に思われているからよ」

旅館と言われて伊織は思わず背後を振り返る。

そこに聳《そび》える建物を見て、ようやく自分が今までどこにいたのかを知った。

笹の葉が揺れる町の一角に古びた旅館がある。建設から半世紀以上経過して老朽化したその旅館は、とうの昔に廃業し現在では廃墟となっていた。伊織が拉致されていたのは、その旅館の一室だったようだ。

そして、月岡が言った拉致の理由。

伊織は状況を把握するのに頭をフル回転させた。

自分が、聡士の研究成果の在処を知っている？

まったく身に覚えのないことだった。

混乱する伊織の様子を悟ったのか、月岡がさらに続けた。

「もっと言うと、寺本の遺品であるスマホ。その中に研究成果をまとめたデータがあると山浦は踏んだのね。で、その内部からデータを回収するように命じられたのが、私」

「あっ。そ、そうだ、聡士君のスマホ――」

「ここまで来れば大丈夫ね」

と、木々の茂みに入り、しばらく歩いたところで月岡が足を止めた。

彼女は振り返り伊織に何かを差し出す。

「これ」

月岡の掌の上には聡士と伊織のスマホが載っていた。

拉致されたときに取り上げられたのだ。

「あ、ありがとうございます！　よかった……」

「山浦の部下から渡されたの。申し訳ないけど、中は確認させてもらったわ」

「あのロック、月岡さん解けたんですか？」

「外す方法はいろいろあるのよ。一般的じゃないだけでね」

その説明に伊織は納得する前にホッとした。

聡士のスマホのロックを解除したのは、彼との思い出から割り出したパスワードだ。それを他人に知られたらと思うと少しだけ恥ずかしい……いや、それだけじゃない？　月岡が解除できたと知ったとき、一瞬、胸を過ったモヤモヤは何だったのだろう？

「これが寺本の遺品なら、私やクエスタリアの人間が持っていていいものじゃないわ。彼はそれを望まなかった。だからあなたの手に渡ったんだもの」

そう言って月岡はふたたび歩き出した。

サクッサクッと彼女が草を踏む音を伊織も追う。

「あの……このスマホに聡士君の研究データは入ってたんですか？」

月岡ならば何か知っているかもしれない。

伊織は、前を歩く彼女の背に向かって尋ねた。

「見つからなかった」

月岡は振り返らずに答える。

「山浦の予想が外れたのかもしれない。この世にはもう、どこにも彼の研究データは存在しないのかも。あるとしたら、唯一の可能性がそのスマホだったのよ。責任者の彼だけは研究室にスマホを持ち込めたしね。でも、スマホの記憶媒体ではあの研究成果を残すには限界がある。あるとしても実物じゃなくて、その概要をまとめたものだとは思ってたんだけど。それすらなかったわ」

そう言われ、伊織は手の中のスマホに目を落とした。

「寺本はあの研究所であれを完成させかけてた。でも亡くなる直前に研究所のサーバーからすべてのデータを削除している。もしかしたら一切を消去したのかもしれない。私はその可能性のほうが高いと思ってる。どこにも履歴が残ってないしね。

でも山浦はそうは思ってない。研究者が、膨大な時間と労力を費やした成果を簡単になくせるものじゃないって、必ずどこかに隠しているはずだって言ってたわ。

そして彼が目星をつけたのがそのスマホってわけ。クラウドに移したあと、さらにどこかの巨大なデバイスに移したんじゃないか？　って。その在処がそのスマホに隠されてるんじゃないかってね」

そこまで聞いて伊織は慌てて言った。

「私、データがどこにあるのかなんて知りません。そんな大切なものなら、いくら幼なじみだって、私になんか……」

興奮して大きな声を出す伊織に、月岡は「安心して」と穏やかに返した。

「小川さんに教えてもらわなくていいし、捜すつもりもないから」

「え？　月岡さんは副社長の命令でデータを回収しに来たんですよね？」

「ええ。でもそのスマホには入ってなかった。だからもう任務は未達で終了よ」

「そう、ですか……」

敵なのか味方なのか分からない。

初めて会った目の前の女性の言うことをそのまま信じていいものだろうか。

伊織が訝っていると、その疑問を察したのか月岡が続けた。

「もうこの世にいない天才のあとを追わされ続けるの、癪《しゃく》なのよ」

「どういうこと？」

「私は、私の研究をやりたいの。だって私は一研究員なんだもの。社則だとか昇格だとかは関係ないこと、お偉いさんは分かってないのよね。欲しいのは、私の研究に投資してくれるお金と設備だけ。それに、寺本の研究は私の研究とは無関係なの」

月岡のざっくばらんな物言いに、警戒心で強張っていた伊織の身体が緩む。

さすがに手放しで彼女を信じることはできない。

だが、彼女が監禁場所から助け出してくれたのは事実だ。もしこの逃亡劇すら演技であるなら非効率すぎる。

「月岡さんは、どうしてわざわざ私を逃がしてくれたんですか。これも副社長とやらの命令じゃないですよね？　立場だって危うくなるんじゃあ……」

疑問をぶつけると、月岡は「そうね」と涼やかな声で答えた。

「命令じゃないわね。あなたを逃がしたのは、研究者としての知的好奇心から」

「知的好奇心？」

「私の研究とは無関係だけど、寺本のアイディアがどこまで現実化していたかには興味がある。それに、私はあとどれくらいで彼に追いつけるのかにも、ね」

「月岡さんは……知ってるんですか。聡士君の研究が、どんなものだったのか」

「まあね」

一瞬、月岡が視線を足元に落とす。

それは同世代の研究者としての嫉妬だろうか？　それとも憧れ？

その両方。いや、もっと複雑なものかもしれない。

伊織が月岡をじっと見つめると、彼女は伊織を見つめ返してつぶやいた。

「彼は掛け値なしの天才。それだけは紛れもない事実だわ」

17

監禁されていた旅館から充分離れたのち、追っ手がいないことを確認する。

見ると、舗装された道路から逸《そ》れた先に、農機具を置いておく小屋が見えてきた。

月岡に促されてとりあえずその陰に入る。これでいつ追っ手が来てもすぐに見つかることはないだろう。

そして月岡は伊織に、聡士の研究について知っていることを話し始めた。

「青写真っていうのかしら。目指していたところは一応知ってるつもり。でも天才は墓場まで自分の研究成果を持ってってっちゃったのよ。だから、誰もその研究がどこまで進んでいたかについては詳細を知らないわけ。後任にされた私もね」

「それは、どんな研究だったんですか？」

企業の機密事項だろう。

けれど、月岡は口を閉ざさなかった。

「寺本がクエスタリア社のコンペ——ビジネスコンテストで受賞したのは知ってるわよね」

「はい。受賞したアイディアについては何も知りませんけど……」

山浦の名も記されていた聡子のスクラップブック。あの新聞記事にも、機密として公表されていないと記載があった。受賞直後だけでなく、彼の死後に至ってもだ。

「あの世をこの世に持ってくる——」

月岡が唐突にそう言った。

意味が分からず、伊織は困惑して固まる。

「えっと、それはどういう……」

「そういうアイディアだったのよ。寺本が考えていたのは」

「え？」

「小川さんは、ＶＲって知ってる？」

月岡の突然の質問に、伊織は目を瞬く。

「バーチャル・リアリティ……ですか？」

「そう。日本語でいうなら『仮想現実』ってとこね。寺本はね、死後の世界を仮想現実に落とし込んで現実世界に繋げようとしたの」

サアァッと伊織たちの間を風が吹き抜けていった。

いま月岡が何と言ったのか、聞こえているはずなのに頭に入ってこない。

さざめくような草木の揺れる音の中で、月岡が淡々と続けた。

「VRの空間に死後の世界を映す。そのために記憶を電子化する。前者は寺本の目指していたビジョンで、クエスタリア社が欲しがったのは後者の技術ね」

「記憶の電子化？　待ってください。そんなことできるんですか？」

「見えないものを見えるようにするだけだ……って寺本は言ってた。確かに、人が何かを経験して記憶が刻まれるとき、脳内で起こっていることは電気信号の発生と伝達よね。彼はそれをデジタル化して、脳の外、つまりデジタルな記憶媒体にコピーすることを目指していたの。それができれば、生前に記憶を保存しておいて、死後に遺族がそれを見ることができる。何十年後だろうと、何回だろうとね。デジタルデータは劣化しないから、思い出のように薄れず、いま目の前で起きていることのように繰り返し再現できるってわけ。

それがどれだけ難しいかって話で、しかもその完成間近だった研究データを本人がどっかにやっちゃったわけなんだけど」

「見えないものを、見えるように……」

いつかの過去に聡士が言っていたことを伊織は思い出す。

『世の中には、人間が観測できていないだけで、存在するかもしれないものがまだたくさんあるはずなんだ』、『見えないけど、いるかもしれないってことだよ。科学的にまだ証明できていないだけかもしれないだろ』と。

「輪廻転生していない……亡くなった人に会えるって、まさか……」

「そのまさかを成し遂げられるのが、天才なんでしょうね」

ぼんやりとつぶやいた伊織は、月岡のその言葉にハッとした。

暗闇の中で月岡が小首を傾げる。

「小川さん、あなた本当に寺本の研究データの在処を知らない？　ああ、誤解しないでね。さっきも言ったけど、私は寺本の研究を奪ったりしない。小川さんの不利になるようなこともしないって約束する。私はただ観測したいだけ。天才と呼ばれた人間が、いったい何をこの世に遺したのかを」

「すみません。本当に知らないんです」

伊織は首を横に振った。

それを見て、月岡が「そう……」と残念そうに肩を落とす。

「あなたなら知ってると思ったんだけどね」

「それは、そう副社長に言われたからですか？」

「いいえ。私は一度だけ、寺本の口から聞かされたことがあるの。『僕の研究は、幼なじみの願いを叶えるものなんだ』って」

そう言った月岡は、伊織を見てフッと微笑んだ。

「あなた、ずいぶん愛されてたのね」

「あ、愛されて……なんか、ないですよ」

伊織は慌てて否定した。

聡士とは、そういう関係ではなかった。ただの幼なじみだ。愛だの恋だのというものと彼は、どこか無縁のように思っていた。

伊織の否定に、月岡はかすかに口角を上げただけだった。

「山浦の予測は別として。寺本の言葉を思い出してみても、小川さんは何か手がかりを知ってるんじゃないかって思ったんだけど……。彼のことだから、はっきりと伝えていないかもしれないわ。あなたが気づかないくらいさりげなくヒントを与えられてたんじゃないかって気がするの。何か思い出さない？」

「何かって……」

「パスコードとか、何かヒントになりそうなこと。ああ、そうそう。あなたが持ってた折り紙のメモなら、もう見せてもらったわ。スマホと一緒に山浦の部下から渡されたから」

「それも見られてたんですね。じゃあ他には……あ。ちょっと待ってください」

立ち止まった伊織は自分のスマホを捜す。

謎のメールのことを思い出したからだ。月岡に経緯を話すべきか迷いつつ、ポケットに入っていたスマホを取り出す。

これも取り上げられていたなら調べられたはずだが、文字化けしたメールに関心は示されなかっただろう。

画面を見ると新たな通知が二件。

メッセージと、新しいメールが届いていた。

訝る月岡の傍らで、伊織は慌てて画面を操作しその内容を確認する。メッセージはひとまず置いておいてまずはメールだ。

届いていたのはやはり謎のメールだった。

【計算機　縺ｨ　伝えて　縺上ｌ縲　彼女　縺ｪ繧峨?　きっと　縺昴ｌ縺ｧ　理解する　縺ｯ縺壹?】

「計算機、伝えて、彼女、きっと、理解する……」

メールの読める部分を伊織は拾ってつぶやく。

それを聞いた月岡が反応した。

「計算機？」

「その、説明しても分かってもらえないかもしれないんですが……」

一蹴されるかもしれないと思いつつ、伊織は手短に不思議なメールのことを説明した。

この間から謎のメールが届いていること。ほとんど文字化けしていて読めないものの、読める部分だけ拾うと、いつもそのときの伊織の状況に妙にリンクしていること。

聡士からの遺書のように思えるが、研究成果の隠し場所のようなことではないこと。

「なるほど。誰かが送っているのでなければ、死者から送られてきているメールってことね。にわかには信じがたいけど」

「信じてくれるんですか？」

「寺本の研究が完成していたら、そういうことができてもおかしくなかったんだもの。で、今もそのスマホにメールが届いたの？」

「はい。文面、全部は読めないんですが」

「見せて」

言われて、伊織は月岡にいま開いたメールを見せる。

茂みの中で発光する画面を覗き込んで、月岡が目を細めた。

「本当だ。文字化けしてる。でもこの『彼女』って私のことよね？」

「た、たぶん」

「ってことは、計算機っていうと……それ、ちょっと貸して」

月岡に指で示されて、伊織は聡士のスマホを差し出した。

受け取った月岡は、迷いのない手つきでその画面を操作する。そうして「ああ」と納得したような声を上げたあと、伊織にそれを返してよこした。

「小川さん。ホーム画面に計算機のアプリがあるでしょう?」

「はい……」

「そこに、折り紙のメモを入力するの。数字の途中にあるアルファベットは、Pが足す、Mが引く……ヒネリがないのは、ちょっと馬鹿にされてる気分だけど、まあいいわ」

もう少し難解でもよかったというように月岡が言う。

それを聞きながら、伊織は言われたとおりに入力した。折り紙のメモは、失《な》くしたときのためにスマホに写真を撮っておいたのでそれを確認する。

入力を終えた直後、伊織は思わず声を上げた。

計算機だったはずの画面が、一瞬で別のものに切り替わったからだ。

「出たでしょ。隠しフォルダ」

驚く伊織に月岡が微笑んだ。

仄かに光を受けた彼女の顔はどこか得意げに見える。

「最近はこういう特殊なアプリがあるのよ。まあ、これは寺本の自作で、見た目は限りなく本来の計算アプリと同じになっている特別製みたいだけど」

「この中に、聡士君の研究データが?」

しかし、月岡が言うような膨大なプログラムデータなら、このスマホに収まるはずがない。

ではいったい何が？

伊織は恐る恐るフォルダを開く。

そこには、文書ファイルが一つ保存されていた。

ファイル名の部分には【伊織へ】と書かれていた。

「……私に？」

今度は急いでファイルを開く。

そこに書いてあった文章を素早く追って、伊織は目を見開いた。

「どう？　研究データだった？」

月岡が尋ねる。しばらく伊織が黙ったままなのを訝ったのだろう。

彼女の声で、止まった時間が動き出したように、伊織はようやく瞬きをした。

「研究データでは、なかったです」

「違った？」

「はい。これは、聡士君からの手紙、というか書き置き……。すみません。このファイル、偽物ってことはないんですよね？」

「誰かが意図的に寺本からの手紙を装ってファイルを作り、そのスマホをあなたに渡し、謎のメールを送ってきてる可能性なら、ゼロではないけどね。ちょっと考えづらいし、さすがにそのスマホだけじゃ、私も判断できないかな」

伊織は手の中のスマホを見つめる。

これは聡士の遺品で間違いないだろう。中に入った写真データや、彼が存命中だった頃に受けた電話の履歴、事故で破損したものの見覚えのある外観……それらを見た限り、偽物には思えない。

「ファイルの中には、研究データはありませんでした。でも、その所在を捜すように書いてあって……」

すると、暗がりの中で月岡が息を呑むのが分かった。

「やっぱり残されてたのね。でも、その言いようだと、ファイルには書いてないんだ?」

「はい」

ファイルの文面にふたたび目を通しながら、伊織は答える。

やはりどこにも、それらしき言葉は書かれていないように見える。そもそもそういう機密文書の類ではない。

ここまでのことを伊織は改めて振り返る。

どうやら聡士は研究成果を研究所から持ち出してどこかに隠した。

そしてその在処を伊織だけに遺そうとした。

でも用意周到な彼のことだ。いきなりメールでその場所を伝えるようなことはしない。

もしそれが違う人の手に渡れば一巻の終わりだからだ。

だから文字化けメールや折り紙、スマホの隠しフォルダなど、あらゆるところにヒントを分散させている。

あたかも伊織に『たどり着いて』と言わんばかりに。

だが、たどり着いた彼のスマホのファイルは行き止まりのように見える。

「小川さん、場所に心当たりは？」

尋ねる月岡に、伊織は力なく首を横に振った。

聡士がどこに何を残したのか。残されたファイルの文面を読んでも分からない。

「それらしい場所については、一切書かれてなくて。もっとはっきり伝えてくれなきゃ分からないのに。私は聡士君とは違うんだから……」

伊織は肩を落とす。

彼は私の頭の出来を買い被っている。彼が想定していたよりも自分の頭の回転は遅い。

そんな風に伊織が自分を情けなく思っていたときだった。

「覗き見されるような方法じゃ、残してないかも」

月岡の言葉に伊織は顔を上げる。

「覗き見されるような方法？」

「電子メールとか、スマホでやり取りするメッセージの類。クエスタリア社がやろうと思えば、そういうものも覗けるからね。だから、さっきの文字化けメールを全部読めるようにしても、そこには答えもヒントも書いてないんじゃないかな」

「なるほど……」

月岡の推測に伊織は納得する。

今この瞬間に答えが記された謎のメールが届いてもおかしくない。なのに届いていない理由は、きっとそういうことなのだろう。

「法則なんかがあって、誰かが簡単に解けてしまうような暗号の類も違うでしょうね。あなた以外に知らせる気はなかったみたいだし。

ということはつまり、小川さん、寺本に口頭で知らされていたんじゃない？」

月岡の結論に、伊織は面食らった。

「口頭……聡士君が亡くなるより前にってことですか？」

「ええ。そういうこと」

「だとしたら、さすがに私の記憶力を信用しすぎですよ、聡士君」

確かに、聡士とのたくさんの思い出の中に研究成果の在処に繋がるヒントがあるなら、第三者に奪われる心配はなくなる。

誘導するために最適なレールを敷いておきながら、肝心の部分は伊織の頭の中というわけだ。

聡士が考えそうな完璧な仕組みだった。

しかし、聡士のスマホのロック解除用パスワードを思い出せたのは、言葉だけでなく、そういう思い出がきちんとあったからだ。はっきり覚えておくように言われたことでなければ、容易に記憶から零れ落ちてしまうだろう。そもそも聞き流してしまっている可能性だってある。

「そうね……あなただけが知るような、彼との思い出の場所とかないの？」

「思い出なら、この町全体がそう――」

そのとき、伊織の頭の中で繋がる記憶があった。

思い出。

私だけが知る、私と聡士君だけが知る思い出の場所。

幼い頃の二人だけが知っていた、入ることができた秘密の場所。

「……まさか、あそこ？」

伊織は思わずつぶやいていた。

神経回路が繋がっていくように、じんわりと頭の片隅から意識が広がって、記憶が鮮明になってゆく。

「思い当たる場所、あったのね？」

伊織の様子に月岡が問う。

「はい。恐らく」

「よかったわ。じゃあ――」

とそこで月岡が黙った。

それと同時に、彼女は伊織にスマホの画面を伏せさせると、喋らないようにと無言で合図して茂みの陰に身を潜める。

「小川さん。あなたのスマホ、GPSとか設定したままじゃない？」

大人しく従った伊織に、月岡が吐息のように小さな声で尋ねた。

伊織も彼女の声のボリュームに合わせて答える。

「ええ。いつもは切ってたんですけど、黒服の人たちに追われた夜にオンにしておきました。もしものことがあったときのためにって」

「ああ、それだ……ちょっと貸して！」

月岡は慌てた様子で伊織のスマホを奪い取ると、画面を手早く操作する。

何事かと伊織が理解できぬうちに、彼女は「はい」と返してきた。

「スマホ、GPSと電波関係を切っておいたから。とりあえず逃げなさい」

「逃げなさいって？」

「追ってきてるのよ、山浦の部下が。あなたのGPSを探知してね」

伊織は身を強張らせた。耳を澄まして様子を窺う。

月岡の視線の先から、草木の揺れる音に混じって複数の足音がかすかに聞こえてくる。少しずつ近づいてきているようだ。

「まだ見つかってない」

月岡が小さな声で言った。

「ＧＰＳの位置情報を得るには多少のタイムラグがあるし、幸いここは電波状況がよくないみたいだから、こっちの正確な位置はまだ把握されてないんでしょうね」

「よ、よかった」

「でもじっとしてたら見つかるのは時間の問題よ。この人気のない場所じゃ電波があれば捜しに来るだろうから、電話もメッセージもメールも使えない」

「そんな……じゃあ、どうしたらいいんですか？」

「急いでここを離れて、頼れる人たちのところに行きなさい。もし寺本の研究データを捜すなら、安全になってからよ。とにかく一人でいては絶対にダメ」

「月岡さんは」

「私は何とか誤魔化すから……早く！」

追い立てるように月岡が言う。

後ろ髪を引かれながらも、伊織はその場から急いで離れた。

足音をできるだけ忍ばせながら、しかしできるだけ速く移動する。

実家から少し離れてはいるが、伊織には土地勘のある場所だ。

茂みを抜けると、そこは人家の裏道……小学生の頃に通って叱られたことのある私道だった。家の主《あるじ》に見つかって聡士と一緒に謝罪したときのことを思い出しながら、伊織はそっと公道へと出た。

黒服の待ち伏せなどはないようだ。

『頼れる人たち』と月岡に言われて、真っ先に浮かんだのは両親だ。それから聡士の両親に、幼なじみたち。

だが、スマホで電波を受発信しないよう月岡から警告されている。今すぐ彼らに連絡を取ることはできない。となると、警察を頼ることも無理だろう。そもそも、この町の警察官は黒服の数より少なく、今は夏祭りの警備で手いっぱいのはずだ。なにせＬｕｃａのシークレットライブがあるのだから。

伊織は、先ほどメールとともに届いていたメッセージを確認した。

メッセージは凪からだった。この日の十八時、一緒にお祭りを楽しもうと、境内で待ち合わせの約束をしていたのである。彼女は、待ち合わせ時刻に現れない伊織を心配しているようだ。だが、それに返信することもできない。

「もうお祭りも始まってるか……」

スマホの画面に表示された時刻を見て、伊織は夏祭りの会場、法川寺へと向かうことにした。法川寺には、両親をはじめ、頼れる人たちが揃っている。そこへ向かうのが安全だと思ったのだ。さすがに人混みの中で襲われることもないだろう。それに――

周囲を確認してから、伊織は駆け出した。

あたりは闇に沈み、数少ない街灯が道を頼りなく照らしている。監禁されていた旅館を出た頃にはまだ赤かった空も、いつの間にかすっかり暗くなっていた。

だが、法川寺のある方角の空は、大地から光が溢れているかのように明るい。

その光を目指して、伊織は夜道をひた走る。夏のじめついた空気を夜の涼風が中和し、不快に滲む汗を乾かしてくれた。

どこかひんやりとした川の匂いが空気に混じり始めた頃、道の左右に提灯飾りが現れた。昨日、伊織が吊るして回った笹舟飾りも、サラサラと川のせせらぎのような音を立てて穏やかに揺れている。「こっちだよ」とでも言うように。

まるで道の先から聡士が呼んでいるかのようだった。

「訊きたいことしか、ないしっ……どういうこと、なのか……説明して、もらおうじゃない、のっ……」

呼び声のような音に応じるように、伊織は走りながら零した。

聡士が遺品のスマホに残していた【伊織へ】という名のファイル。

そこに書かれていた言葉を思い出しながら。

伊織へ
ありがちになってしまうけれど、これを君が読んでいるということは、僕はもうこの世にはいないはずだ。そしてこれを残しているということは、僕は自分が死ぬことを予測していたということでもある。

何も伝えずに、この世を去ってしまったことを許してほしい。

遠回りな方法でしか君を導けないことも、きっと不思議に思っていることだろう。腹立たしいかもしれない。けれど、そうするのが一番だと判断したんだ。知ってしまえば、悪い奴らに狙われてしまう。それは避けたい。君の安全が第一だからね。

とはいえ不快な思いをさせていると思う。どれだけ考えても、その可能性を排除できなかった。君に降りかかる災難が最小に抑えられていることを願うのは、そう差し向けている僕ができた義理ではないけれど……でも、祈らせてほしい。

きっと君は今、僕が残した物を捜していると思う。

その過程でこのファイルにもたどり着いたのだろうから。

けれど、それはここにはない。どこにあるかも記すことはできない。それは前述したとおり、君の安全を考えてのことだ。肩透かしに思ったかもしれないけれど、君は僕を、僕と過ごした頃の記憶だけを信じてくれればいい。君は何も知らなくてもいい。そういう選択だってできるのだから。

ただ、もしたどり着いてくれたなら、そのときは全部話そう。

君に伝えたかったこと。一つも隠さずに、すべて。

君の質問にはすべて答えよう。僕に教えられることがあるならね。

待っているよ。

聡士

伊織はぐっと唇を引き結んだ。

聡士が遺品のスマホに残したファイル。

そこに書かれていたのは、一見すると遺書のようだった。

だが、違和感だらけだった。

文面からして、聡士は自分が亡くなったあとの未来——現在の伊織の状況を予測してこのファイルを残したのだと分かる。その予測が正確なのは、聡士を知る伊織には驚くことでもない。

違和感を覚えたのは、文章の後半部分だ。

ちぐはぐだった。

伊織が捜し物をしていることを言い当てながら、『知らなくてもいい』と言う。そう言いながら、『待っている』などと言う。

聡士は論理的で迷うことはほとんどなかった。だから、彼らしくない言葉だと伊織は思ったのだ。彼が存命だったときから考えても一番意味が分からなかった。

やはり最後まで説明してもらわなければ――


「あれ？」

伊織がふと走る速度を落としたのは、法川寺まで間もなくというときだった。

道の前方が何やら騒がしい。

車道が混みあっている。町のものではない東京から来たらしいナンバーのタクシーが列を成している。歩道にもやたらと人が多い。それに若者ばかりだ。まるで東京のイベント会場への道中のようだった。

確かにＬｕｃａのライブがあるとは聞いていたが、こんな田舎で、告知などもないイベントだ。ひっそりとライブが始まったあと、ＳＮＳで広まって盛り上がる程度だと思っていた。

しかしいま目の前には尋常ではない人数が集まっている。

この町にここまで人が集まっているのは初めてだ。夏祭りというだけで、こんな状態にはならない。立派なカメラを抱えた人も見える。報道関係者のようだ。

伊織は歩道を歩く人の一人に声をかけた。

「あの、すみません。すごい人ですけど、何かあったんですか？」

「え？　ああ……Ｌｕｃａのライブがあるって話なんですよ」

「Ｌｕｃａって……あの、ダンスの？」

何も知らない風を装って応える。

「そうそう。電脳天使の。今日になってネットで噂になってるのを見かけて、家から来れる距離だったんで観にきたんですよ」

「ああ、なるほど……」

「地元の方ですか？　この人混み、やっぱりＬｕｃａのライブ、本当なんですかね？」

「あー……どうでしょうね。あ、ありがとうございました」

誤魔化すように笑って、伊織は頭を下げるとその人を見送った。

やっぱりそうだ。事前に情報が洩れてこんな異様な混雑状況になっているらしい。

ここが法川寺に向かう人たちの最後尾だ。歩道も車道もギュウギュウで、まだ寺の山門まで五百メートル程度の距離がある。人混みに紛れれば安全かもしれないが、身動きは取れなくなるだろう。

伊織は周囲を見回した。

知っている道だ。むしろ知りすぎているくらい馴染みの深い道だ。幼い好奇心で、入れそうな場所にはすべて入った。秘密の抜け道は、このあたりに住み着いている猫が教えてくれたものだ。

伊織は人の列から離れて近くの民家のブロック塀の上によじ登った。

聡士とかくれんぼをしているとき、見つからないように伊織が使った道なき道だ。普通は通らない、猫だけが知っている道である。

「泥棒みたい。もうこんなこと絶対にしないと思ってたのにな……」

ブロック塀の上を落ちないように注意深く歩き、伊織は法川寺へと向かう。迷路のような抜け道の先は法川寺の庫裏の裏庭に続いている。

「あのとき、聡士君には見つかっちゃったけど、さすがに黒服の人たちは知らないでしょ」

幼い頃のかくれんぼでは、伊織の行動を予測した聡士が裏庭で待機していて見つかってしまった。だが、それは相手が聡士だからだ。周囲に人の気配はなく、今の伊織には安全な道だった。

たどり着いた裏庭には予想どおり誰もいなかった。

しかし、法川寺の境内のほうはかなり賑やかな様子だ。人のざわめきが押し寄せるように裏庭まで届いている。Ｌｕｃａの人気ぶりに伊織は圧倒された。

「さて、ここからどうしたらいいかな」

そこで伊織は思いついた。法川寺の賑わいを考えると、スマホを使っても位置はバレないのではないか、と。

だが、設定を戻しても、今度は電波が入らなかった。

少ない電波の基地局に対して、人が密集しすぎているからだろう。電話をかけても繋がらないし、メッセージも送信に失敗してしまう。

「行くしかない、か」

ここでじっとしていても埒《らち》が明かないし、黒服の存在や聡士の研究データが狙われていることをみなに伝えなければいけない。

それに聡士の研究データも、黒服より先に見つけ出したい。

『待っているよ』

聡士がそう言葉に遺していたのだから。

伊織はスマホを仕舞って、その場から足を進めた。

18

「伊織さん、遅いですね……」

法川寺の境内、人で溢れる本堂前で浴衣姿の凪がつぶやいた。

握りしめたままのスマホには、メッセージアプリの画面が映っている。少し前に伊織に送ったメッセージがようやく既読になったのだが、なぜか返信がない。

「電話も繋がらないね。トラブルとかじゃないといいんだけど」

凪の傍らで漣が唸る。

漣も何度か電話をかけていたが伊織は出ない。しかも『電波の届かない場所にあるか、電源が入っていないためお繋ぎできません』という自動音声のアナウンスが流れるのが不穏だった。

「そうですね。一昨日のこともありますし心配です……」

心配顔でつぶやきながら凪が周りを見渡す。

「ところでこの会場。なんかすごいですね？」

境内に到着したときから賑わっていたが、伊織に連絡を取ろうとスマホをいじっている間にさらに人で溢れていた。法事や七五三、大晦日《おおみそか》なども含めて、こんなに人がいるのを凪も見たことがなかった。

その疑問に、漣が「ああ……」と訳知り顔で苦笑する。

「なんかね、流香ちゃんのライブがあるってネットで誰かが拡散したみたい。東京じゃないから流香ちゃん的には許容範囲らしいんだけど……。まったく誰なんだろうね」

「疑いたくはありませんが、役場の人とかでしょうか」

「どうなんだろう。そんなのお父さんしかいないじゃんって思って私も訊いたんだけど、違うって言うんだよね。ま、人の口に戸は立てられぬって言うし、人伝《ひとづて》に広まったのかも。うう、ただでさえ胃が痛かったのに、こんなたくさんの人の前で歌うことになるなんて……」

漣はため息を吐く。流香に頼まれて、彼女のライブで急きょ歌うことになっているからだ。

「お、応援してますよ漣さん！　頑張ってください！」

「うん、行ってくる……」

お腹を押さえながら漣が立ち去る。ライブの最終打ち合わせに行くようだ。

とそのとき、凪の前に見知った顔が通りかかった。

伊織の母・亜希子である。

「あら、凪ちゃん。こんばんは。浴衣可愛いわね」

「こんばんは。えへへ、ありがとうございます」

「なんだかすごい人よねぇ……こんなたくさん人が来るなんて、おばさんびっくり」

「そうですよね。私も漣さんとそう話してて……。あの、伊織さんとここで待ち合わせしてるんですけど、まだ来ないんですよ。どこにいるかご存じありませんか？」

「伊織？　あの子ならお父さんに言われて朝から奥の院に行ってて。予定どおりに帰ってきたみたいだっておお父さん言ってたけど……あ。ちょっと待ってね」

亜希子が「ちょっと！」と通りかかった人に声をかけた。

足を止めたのは、祭りの裏方として忙《せわ》しなく動く夏雄だった。

「あなた。伊織、知らない？」

「伊織？　なんだ、あいつまだ来てないのか？」

奥の院への使者として祭り開始に参加しなかったばかりか、まだ姿を見せない伊織に夏雄の顔が曇る。

「そうなんです」

「流香ちゃんのライブももうすぐ始まるっていうのに」

「電話をかけたんですけど繋がらなくて」

「なんだって……？」

凪の言葉に、夏雄の顔色が変わる。

慌てた様子で電話をかける。

けれど、すぐに切って苛立ったように息をついた。

「……繋がらん。この人混みで電波が混雑してるな」

「あなた、昨日のこともあるし」

「そうだな。ちょっとみんなに見てないか訊いてくる」

「あっ、待ってください！」

凪がそう言って呼び止めたのは、夏雄が歩み去ろうとした直後だった。

＊

人混みを擦り抜けるようにして櫓を目指していた伊織は、思わず手を振った。

向かう先に、凪と両親を見つけたからだ。

「伊織さん！　よかった、連絡つかなかったから心配してたんですよ――って、伊織さん？どうしたんですか？」

血相を変えて凪と両親に近づいた伊織は、周りの目も気にせずその輪に飛び込んだ。その服は泥で汚れ、顔や腕にはあちこちに擦り傷ができている。

訝しそうにしている三人に、伊織は乱れる息を呑み込んで告げた。

「助けて！　追われてるの！」

「追われてる？　尾行してきたって奴らか⁉」

気色ばむ夏雄に伊織はうなずき、状況を手短に説明した。

昨晩尾行された黒服に拉致され、そこから逃げてきたこと。黒服はクエスタリア社の者たちで、聡士の研究データを捜していること。それを手に入れるためには手段を選ばぬ様子であること――

「私、そのデータの在処を知ってると思われたみたいなの。それでさらわれたんだけど、逃がしてくれた人がいて……」

「そうだったのか」

「ああ、無事でよかった！」

夏雄と亜希子は、伊織の肩を抱いて安心したように息をついた。

隣で凪も笑顔を見せている。

それを見て伊織もホッとする。

しかし伊織は事の状況を思い出した。悠長《ゆうちょう》にはしていられない。

「私、分かったの……」

警察に連絡しようとする夏雄を制して伊織が言う。

突然の言葉に三人が不思議そうな顔をする。

「捕まってるときは本当にデータの在処なんて分からなかった。でも逃がしてくれた人に助けてもらって、分かった気がするの」

伊織の言葉に夏雄と亜希子、そして凪が目を見開く。

心配そうな三人に伊織は微笑んだ。

「それに、聡士君が私に見つけてほしいって」

「遺言でもあったのか？」

「うん。珍しいよね。あの聡士君が私を頼るみたいなこと」

「確かにそうかもね」

亜希子は静かにそう言った。彼女にとっても聡士は実の息子のような存在だったのだ。

「だから、見つけてくる」

夏雄と亜希子に言って、伊織は二人から離れた。

二人はそれ以上伊織に尋ねてこない。

拉致のような危険があったあとだ。だというのに止めようとしなかったのは、娘が長い間この町に帰ってこられなかった理由を知っているからだろう。

その娘が、止まったままの過去から前に進もうとしている。

それが両親には分かったようだ。

「行っておいで」

「気をつけて。無茶するなよ！」

それぞれそう言って、伊織を送り出そうとしてくれた。

「凪、ごめんね。お祭り一緒に回れないや」

「いいえ、お気になさらず。それより私に何か手伝えることは――」

と、凪が伊織の背後を見て目を険しく細める。

胸騒ぎを覚えた伊織に、凪が不穏な口調で尋ねてきた。

「伊織さん、黒服ってあの人たちですか？」

慌てて伊織は振り返る。

睨むような凪の視線の先には、確かにあの黒服たちがいた。人の波を縫うようにしてこちらに向かってきている。

「嘘でしょ……」

「人混みの中での誘拐ってけっこうあるみたいね。子どもの話だけど。逆に目立たないのかも」

「ここには親もいるんだがな……。とりあえず伊織は行け。ここは父さんと母さんに任せろ！」

顔を青ざめさせた娘を守るように、夏雄と亜希子が前に出る。

その二人の様子に伊織は狼狽《うろた》えた。

「いや、二人とも危ないことは——」

「大丈夫だ。二人じゃないからな」

夏雄が言っているうちに亜希子が走っていた。

向かった先には町の婦人会や青年団、檀家の人々がいる。次々に声をかけていた。

直後、亜希子に声をかけられた人たちがこちらにぞろぞろと向かってくる。

「助けになるぞ！」

「さらわれたって？　大丈夫か？」

「犯人どもをとっ捕まえてやろう！」

祭りの異例の賑わいもあって、老若男女問わず、みな高揚して血気盛んな様子だ。その中にはこの町唯一の駐在警察官もいる。通報するまでもなかったようだ。

「田舎のチームワーク舐《な》めんなよってな。さあ、行け！　凪ちゃん、伊織を頼んだ！」

「はい、お任せください！　行きましょう、伊織さん！」

「み、みなさんお気をつけて！」

助けようと集まった人々に背中を押されるように、伊織は凪とともにその場を離れた。

駆け足で離れてから振り返って背後を見ると、伊織を追おうとする端から黒服が捕まっていた。黒服一人に対して町人が数人がかりで取り囲み、揉《も》みくちゃにしている。

だが、その包囲網をすり抜けて追ってくる黒服がまだ何人かいる。

「伊織さん、目的の場所は近いんですか？」

凪の質問に伊織はうなずいた。

「たぶんね。私の予想が当たってればだけど」

「じゃあ、私もここで足止め役をします」

「えっ、足止め役って……」

「下駄では伊織さんの足手まといになりますしね」

「危ないって。あんな体格のいい男の人たち相手に――」

すると、凪は可愛らしい顔に似合わぬ不敵な笑みを浮かべた。

いつの間にか目が鋭く輝いている。

「私が誰かお忘れですか？」

そう言われ、伊織は目を瞬く。

小柄で可憐《かれん》な浴衣姿にすっかり忘れていた。

「頼んだ、チャンピオン！」

「ええ。この戦い、絶対に負けません」

頼もしい宣言を聞いた伊織は凪と別れて走った。

地面に重い何かが落ちる音と、くぐもった男の悲鳴がいくつも背後から聞こえたのは、そのすぐあとだ。肩越しに様子を確かめると、下駄を脱ぎ捨て裸足《はだし》になった凪が、少しも浴衣を乱れさせることなく沈めた黒服たちの中に立っていた。周囲では拍手と歓声が巻き起こっている。

全日本大学柔道選手権大会、軽量級の覇者。

その実力は伊達《だて》ではない。どうやら優勝当時よりも強くなっているようだ。

それを眩《まぶ》しく思いながら、伊織は前を向いてふたたび走り始めた。

両親や町のみんなが、凪が作ってくれた時間だ。早く行かなければ。たどり着かなければ。

よし、あと少し――

ところがそこで叫び声が上がった。

「おい、いたぞ！　こっちだ！」

伊織はギクリとして足を止める。

向かっていた方角に黒服の男がいた。いったいどこから湧いてきたのだろう。背後から迫る男たちとは別部隊のようだ。伊織のほうに向かってくる。

「っ、邪魔しないでよ！」

黒服に向かって、伊織がそう叫んだ瞬間だった。

「うわっ」

「なんだ⁉」

黒服たちが悲鳴を上げる。

人が濁流のように一気に境内に入ってきたのだ。

急に増えた人の波に黒服たちは押し流されていった。危うく伊織も巻き込まれそうになるが、境内に生えた大木の陰にとっさに隠れて難を逃れる。

と、周囲の照明が消えた。

「な、何？」

目まぐるしく変わる状況に伊織が混乱していると、パッとステージ櫓に向かって強い光が当てられた。

瞬間、熱狂的な悲鳴にも似た、うねるような歓声が上がる。

真っ暗な闇の中、唯一の光源と人々の視線を一身に浴びて浮かび上がるシルエットに、伊織は目を奪われた。

「流香……」

音楽が流れ出す。

その音に人々は声を押し殺す。

聞こえてきた漣の歌声に合わせて、闇の中で天使が舞い始めた。

その天使と伊織の目が合う。

見惚《みと》れていた伊織はその瞬間ハッとした。

流香と漣が助けてくれたのだ。偶然かもしれない。けれど、伊織の行く手を塞ぐものはなくなり道が開けた。

「ありがとう、みんな」

ごった返す人混みで無秩序になっている暗闇と雑踏の中だ。

だが伊織には道が見える。物心がつく前から数えきれないほどの時間を過ごしたこの場所の地図は、伊織の頭の中にはっきりと刻まれていた。

19

足の裏に感じる土の感触。石畳の凹凸。風に乗って漂ってくる線香の匂い。川のせせらぎ、虫の声、木々の葉が立てる自然の音。

身体中の神経に意識を集中して伊織は進んだ。

そうしてたどり着いた。

手に触れた手すりに沿って進み、つま先に感じた段差で靴を脱ぐと、それを手にして〝中〟へと足を進める。

振り返ると、流香の踊る姿が先ほどより近くに見えた。彼女のいる場所と伊織がいる場所の高さが近づいたからだ。

ここは法川寺の本堂の中だった。

今日は死者の魂が還ってくるという夏祭り、しかも三年に一度の大祭の夜である。

本堂の正面入口はいつもは鍵がかけられていて、ふだんは住職の宗安しか出入りできない。しかし奥の院の扉が開かれた大祭の夜だけはその錠が解かれるのが常だった。

Ｌｕｃａのシークレットライブの盛り上がりを懸念して今年だけは閉められているかも、と思ったが大丈夫だった。どうやらここまでの混雑は予想していなかったらしい。例年のように本堂の入口は開け放たれており、伊織は難なく入ることができた。

さすがに人混みもここまでは押し寄せていない。黒服たちも追ってきていないようだ。

一つ息をついて伊織は奥に進んだ。

真っ暗闇を予想していたが、本堂の中は仄かに明るい。

御本尊が祀られている須弥壇《しゅみだん》には、蠟燭《ろうそく》に火が灯され、あたりに薄く柔らかな光を投げかけている。その光を受けて金の装飾が輝いている。

伊織は姿が外から見えないように、壁に沿って須弥壇へと向かった。

近づくと、その側面に手をかける。

伊織は昔、まだ本堂に鍵がかけられていなかった頃、この須弥壇の中に入ったことがあった。境内で友達とかくれんぼをしていた際に『実はここ入れるんだ』と聡士がこっそり教えてくれたのだ。

誰にも見つからない場所だったが、好き勝手に入れる場所でもない。それに誰にも見つけてもらえないので、以後かくれんぼでは使うことはなかった。

だが、この側面が外れることは宗安も知らないという話だった。

須弥壇の中は空洞で物を隠しておける場所だ。

そして、聡士は伊織にヒントを与えていた。

彼の部屋のデスク。

その引き出しにあった七五三の写真。

亡き祖父と聡士と一緒に撮られたその背景はこの法川寺の本堂だった。

写真が木箱の中に入っていたのもダメ押しのヒントのようだと思った。

亡き祖父に会いたいという願い。それを叶えるものを隠した、伊織と聡士しか知らない秘密の場所……

「ここじゃなかったら、他に思いつかないからね、聡士君……」

予想が正しければ、きっと聡士の研究データはここにある。

伊織は大きく息を呑み込むと、意を決して須弥壇の側面を外した。

重厚感のある側面の板。それを退《ど》けて中を覗く。

「え……!?」

中を覗いた瞬間、伊織は思わず呆《ほう》けた声を上げた。

想像もしていなかったものが中に入っていたからだ。

須弥壇の空間いっぱいに、櫃《ひつ》のようなもの——黒い金属製の筐体《きょうたい》がはめ込まれていた。

筐体の一部で、蛍が瞬くように小さなランプが明滅を繰り返している。どうやら電子機器のようだ。奥のほう、背面からケーブルが延びており、床下へと続いている。

「これ……まさかコンピュータ？」

伊織はまじまじと確認する。

ここまで大きなものは家電量販店だけでなく、大学でも見たことがない。

だが、まったく知らないわけではなかった。

須弥壇の中にあったものは、国や大企業の研究所に置いてあるようなスーパーコンピュータ——通称スパコンと呼ばれるものに似ていた。

ニュースで見たことはあったが実物を見るのは初めてだ。そして、個人で所有できるサイズのものがあると、聡士が高校生だった頃に言っていたのを伊織は思い出す。それを買おうと思っているとも言っていた。

「聡士君、本当に買ってたんだ。すごく高いって話だったのに……。いや、でもこれ、なんでこんなところに？」

そのとき伊織の懐で音がした。

スマホのメール通知音だ。

まさかと伊織は確認する。

予想したとおり、例のメールが届いていた。

【思い出して　縺上繧縺ｧ　嬉しい　繧医？　電源ボタン　縺ｯ　右手に　縺ゅk繧りｵｬ蜍募ｾ後？　僕のスマホに　闘ｴ蜍輔〒　接続される　縺九ｉ繧　画面にパスワード　繧貞？蜉帙＠縺ｦ谺ｲ縺励＞縺ｨ◎繧後〒　繋がる　縺九ｉ繧】

「思い出して、嬉しい……電源ボタン、右手に……僕のスマホに、接続される、画面にパスワード……繋がる？　えっと、電源があるのか……」

伊織は改めてスパコンらしき筐体に目を凝らした。

電源ボタンを探すと、右のほうにそれらしき円形の部分があった。

恐る恐る指を伸ばし、そっと触れる。

メールの言葉に背中を押されるように、おもむろに指に力を込めた。

その直後だった。

筐体に光の筋が走ると同時に、空気が細かく振動するような気配がした。

そこで伊織のポケットの中で音が鳴る。

聡士のスマホだ。手に取り出して画面を見れば、勝手に再起動していた。

不思議に思いながら伊織がその挙動に見入っていると、画面がパスワード入力画面になった。

四桁の数字を求められる。違和感もあった。通常の入力画面と違って、画面の色が白黒で反転している。

しかも、画面の上部に【3／3】と数字があった。明らかに通常の画面とは異なる。

「聡士君のスマホロックのパスワードでいいんだよね……？」

自信がないまま伊織は数字を入力する。

だが弾かれた。

入力ミスしたわけではない。番号が違うのだ。なんとなくそうなる気がしていた伊織は、頭を悩ませる。画面上部の数字は【2／3】になっている。

「じゃあ、聡士君の誕生日？」

これも弾かれる。

画面上部の数字は【1／3】になった。

「これ、入力制限だ。ど、どうしよう、あと一回しかない……」

焦りながら伊織は考えた。

メールが来ないかと期待したが、来るならすでに来ているはずだ。

伊織は、もう謎のメールが聡士からのものだと確信していた。きっと何らかの方法で、彼は伊織のもとに届くよう遺していたのだろう。

そのメールが来ていないということは、伊織の中に答えがあるということに違いない。誰にも奪われないように、文字に残さなかったのだ。

パスワードを要求する画面を見つめたまま伊織は考える。

何か思い出の番号でもあっただろうか。たとえば聡士のスマホや寺本家の電話番号。いや、そこに意味はない。彼の誕生日ではなかったが、たとえば記念日のようなもの……夏祭りの日付はどうだろう。いや、祖父の命日は？

落ち着けと伊織は深呼吸した。

これまでの流れを思い出す。

スマホのロック解除のパスワードは、聡士と二人きりの思い出の中にあった。笹舟のメモが置いてあった奥の院も、彼と二人きりで向かった場所だ。このスパコンも、聡士との秘密の場所にある。

ここまで、彼と、彼と過ごした時間と、何らかの繋がりがあった。

木箱の中にあったのは七五三の写真だ。亡き祖父と聡士と伊織の三人が、この本堂の前で幸せそうに笑っている光景。思い出の中でも美しく、懐かしく思える瞬間。郷愁《きょうしゅう》を覚えては、戻りたいと願ってしまうような特別な時間――

そして、須弥壇の中にあるものは。

「私の願いを叶える研究……」

伊織はスマホの画面に触れる。

自分の願い。

ある数字が頭に浮かぶ。

あまりにヒネリがなさすぎる気もしたが、これまでの流れを考えたらこれしかないように思えた。

もし間違っていたら、三回のチャンスを使い切りロックされてしまう。

一方、もし当たっていたら、彼の想いを受け止めきれない。

いずれにしても衝撃が待っている。

そう思うと、ここから先に進めない。

しかし追っ手は迫っている。町の人たちが奮闘してもあれだけの数だ。いずれ本堂の中に入ってくるだろう。

聡士は彼らにこれが奪われることをなんとしても阻止したいと思っていた。だからこそこんな場所に隠し、入り組んだヒントを伊織に遺したのだ。自分の命と引き換えにして。

そう思うと悩みは吹き飛んだ。
彼が望むとおりにしてあげよう。
いつだって、彼が間違っていたことなんてなかったんだから。
「……間違えてたらごめんね。でも、教えてくれない聡士君が悪いんだよ」
震える指で最後の数字を入力する。
一瞬の静寂。
違ったか――
伊織の脳裏に、そんな諦めが過った刹那だった。
次の瞬間、画面がパッと光を放った。
文字が映し出される。
【接続中】
筐体に走る光の筋が速度を増し、空気の振動が大きくなった。
鼓膜を震わせるような高音が須弥壇の中から聞こえ、風の流れが生まれる。
その風を顔に受けながら、伊織は呆然と画面を見つめていた。
「合って、た……」
つぶやくと、じんわりと目の奥が熱くなる。
落ち着こうと呼吸を一つするたびに、涙が迫り上がってくる。

意思に反して、伊織の頬を涙が流れ落ちる。何度も、何度も。

入力した数字は伊織の誕生日だった。

そうだったらいいなと思っていた数字だった。

自分の誕生日をパスワードにしていてくれたら嬉しい……

そんな風に思っていたから、彼のスマホのロック解除のパスワードがそうじゃなかったことに、大人げなくガッカリしてしまった。だから、こうしてまた入力するのも悪あがきのようで格好悪いと思っていたのに。

大切な研究成果へのアクセスコードが、こんなプライベートな数字であるはずないと。用意周到な彼が、自転車のロックにも避けるような数字を使うなんて。

しかし何のヒネリもないからこそ、彼の想いが大きな波となって押し寄せてくる。

それは手紙で伝えられるよりずっと大きな衝撃だった。

「叶えてくれちゃうんだもんなぁ……」

すんと鼻を鳴らして、伊織は頬の涙を拭いた。

瞬きをして滲んだ涙を乾かす。息をゆっくり繰り返して震える喉を落ち着ける。

彼の気持ちは、もう確認しようがない。

けれど、十分だと伊織は思った。

聡士が自分のことを大切に想っていてくれたことは、彼の大切なもののパスワードに自分の誕生日を設定してくれていたという事実だけで伝わってきた。

その事実を抱きしめてなら生きていける。

ここから前に進める。

だから、これ以上願うことなどない。

もう、何も……

「これ、接続中って、何が起きてるんだろう？」

感情を落ち着けることに成功した伊織は、そこでこの状況に疑問を覚えた。

聡士のスマホが要求したパスワードの入力には成功したらしい。画面に表示された【接続中】という文字は、スパコンらしき筐体の電子機器に、ということだろう。そして、その機器は檻《おり》に閉じ込められた猛獣が目覚めるように、低い唸り声を上げて振動し続けている。

いったい何が起きるのだろう？

伊織は聡士の研究データを捜していたはずだった。

けれど、導かれるようにして捜し出した場所にあったのは、予想外に大きな電子機器だ。

これが彼の研究成果なのは間違いない。

でも見たところ、これはスパコンだけではない。どう作動するのかの分からない様々な機器が、複雑なケーブルによって繋がれている。

どうやらここに残されているのは、スパコンに保存されたプログラムデータだけではないようだ。

聡士は何を生み出していたのだろうか？

疑問の答えを探していた伊織の手元で、聡士のスマホの画面が動いていた。

【ダウンロードしています】という文字の下、進捗を表すバーが伸びていく。完了までの残り時間がどんどん短くなっていく。

百二十時間が、一気に一時間に……さらに三分を切る。

残り十秒。九、八……

「ダウンロード？　何を――」

そのカウントダウンが終わった瞬間、伊織は眩《まばゆ》い光に包まれた。

20

何が起きたのか、一瞬伊織には分からなかった。

蠟燭の火だけが照らす薄暗い本堂の中にいたはずだった。

なのに今、伊織は光の渦の中にいる。

万華鏡のように数多《あまた》の光が混ざり合いながら、伊織を包んでいた。

否、ただの光ではない。

「映像？」

周囲を見回して伊織はつぶやく。

本堂の中いっぱいに浮かんでいる無数の光は、ホログラムの映像だ。

光源は、天井から吊り下げられた黄金の天蓋《てんがい》の中にあるらしい。写真の束をばら撒《ま》いたように、伊織の周囲を映像の渦が目まぐるしく回っている。

まるで走馬燈《そうまとう》のようだ。

その光の映像は、本堂の外にいる人々にも見えているらしい。

ちょうどＬｕｃａのライブが終演し、観客たちが歓声を上げようとしていた瞬間だった。みな口を開けたまま、本堂から溢れる極彩色の光に目を奪われている。

だがそれをライブの演出だと思ったのだろう。一瞬の空白ののち、空気を震わせる大きな歓声が上がった。

地響きのようなその歓声を遠くに感じながら、伊織は映像の渦に見入っていた。

分かってしまったからだ。

目の前の映像は、聡士の見ていた光景だと。

これは、彼の記憶だと。

映像の中には伊織の姿もあった。思い出さずとも、映像の手前には聡士がいたと伊織は覚えている。だって、ずっと一緒だったから。

遊んではしゃいでいる自分。

真剣に勉強している自分。

疲れて眠りこけてしまった自分。

彼のスマホで撮られていた写真と同じ構図で、伊織が映っている。他にもたくさん。

音はない。だが、それはまるで過ごした時間のデータベースのようだった。

彼の記憶が、ここにある……

呆然としている伊織の目の前に、一つの映像が止まっているのが見えた。

映像の中に聡士が立っている。

「聡士、君……？」

彼の視点ではない？　伊織はそう思ったがすぐ気づいた。

聡士は鏡に映っていた。

顔立ちからして亡くなる直前くらいだろうか。伊織だけが分かる、少し迷ったように視線を動かす仕草をしたあと。彼は鏡を――こちらをまっすぐに見て、ゆっくりと口を動かした。

『……、……』

言ってから、彼はちょっと照れたようにはにかんだ。軽く首を横に振って、何もなかったように鏡から離れる。その先、玄関を出たところに伊織がいた。

吸い込まれてしまいそうなほどに青い空。生い茂る濃緑の草木。揺れる提灯飾りと笹の舟。風化の進んだ石畳の道に、真夏の日差しすら遮る木の葉が影を落としている。そんな風にくるくる変わる景色の中で、伊織が笑っている。

その映像を、伊織は食い入るように見ていた。

目に涙が込み上げてくる。

落ち着けようとしても止められない。

彼の口の動きに、彼の声が重なって言葉の像を結んでしまったから。

三年前の夏祭りの朝、奥の院へ一緒に行ったときのものだ。

あの日、彼が言おうとしていたことが、頭の中に響いてきた。

『伊織、好きだ』

声を押し殺して、映像を見つめたまま伊織は泣いた。

目の奥から堰《せき》を切ったように涙が溢れて、頬を濡らし、流れ落ちる。

「私、だってっ……」

過去じゃない。

今でも。いなくなってしまっても。

「好きだよ……」

その関係が当たり前すぎて分からなかったのだ。

自分の感情が何なのか。何と呼ぶものなのか。

けれど、鏡越しに口にした彼を見て、理解した。

でも、どうして今になってなのだろう。

どうして伝えられもしないのに、気づいてしまったんだろう。

はっきりと分かってしまったんだろう。

「聡士君のこと、私、ずっと前から、好きだったんだっ……」

口にした瞬間、伊織は泣き崩れた。

三年近く前から押し殺すように存在しないものとして無視してきた感情が、激流のように伊織を呑み込む。兄だと思っていた。家族だと思っていた。でも違ったのだ。いつしか彼への愛情は、違うものへと変わっていたのだ。

どうしよう。止まらない。止められない。

こんなとき、涙を止めてくれた人はもういない――

そのとき、一つ音が鳴った。

凛《りん》とした聞き覚えのある音に伊織は反応する。

それはメールの着信を知らせる音だ。

伊織はしゃくり上げそうになるのを堪えながら、ポケットの中から自分のスマホを取り出す。

メールを開き、そこに書いてあった文字を読んで目を見開いた。

弾かれるように顔を上げる。

「あ……」

涙で歪んだ景色の中に〝彼〟が立っていた。

伊織を見て微笑んでいる。

亡くなる前、最後に会ったときの姿のまま、聡士がそこに立っていた。

「聡士、くん？　なんで？　ああ、そっか。これも亡くなる前の映像……。でも、聡士君の記憶に聡士君が映っているはずがない。さっきみたいに、鏡でもない限り……」

そのとき、またメールが届いた音がした。

不思議に思って伊織は確かめる。

そこに書いてあった文字を見て、伊織の嗚咽《おえつ》が止まった。

【いいや。これは映像じゃないよ】

その文字を追ったとたん伊織は目を瞬いた。

「それって、どういう……」

顔を上げるとふたたび涙が零れ落ちた。

そこには、困ったように笑う聡士がいた。

ふたたびメールが届く。

【さすがに涙は拭いてあげられないけど。久しぶり、伊織。会いたかった】

「会いたかったって、それって……」

会話するような速度でメールが届く。

伊織はその都度急いで開封した。

【見つけてくれて、ありがとう。これが僕の研究の成果だよ】

「研究って……私の願いを叶える研究？」

聡士はうなずいた。

伊織は混乱したまま、それでも考えた。

メール越しだが会話が成立している。死んでしまったはずの彼と。

「……今、あの世とこの世が、繋がってるの？」

【正解】

「そんな……どうやって？　そんなの、絶対に不可能——」

そのとき、伊織の脳裏を祖父の言葉が過った。

『天才っていうのは、世の中の不可能を可能にする奴のことだ。そして聡士は天才だ。紛れもなくな』

瞬間、伊織は納得してしまった。

聡士は天才だった。不可能を可能にする人だった。

「……そうだ。聡士君にできないことなんてないんだった」

【それは違うよ。僕は、自分の死を回避できなかったんだから】

メールに合わせるように聡士は力なく首を横に振った。

悲しそうな、残念そうな、あるいは悔しそうな表情を浮かべて。

【かなり頭を使ったよ。知恵も振り絞った。でも、どれだけ考えても、僕が死ぬという結果に収束してしまった。だから僕は天才なんてものじゃない】

「聡士君……自分が死ぬって、知ってたの？」

訊いてよいのか迷った末に、伊織は疑問を口にした。

薄々そうなのではと思っていたことだ。

伊織の推測どおり、聡士は『うん』とうなずいた。

【知ってたよ。だから、一番マシな死に方を選んだ】

「選んだって……聡士君が？」

【そう】

「階段からの転落死だよ？　それを選んだって言うの？」

【どんな死に方をするかを選んだのは僕だよ。死という結果はもちろん僕の意思じゃないけれど】

「じゃあ、誰の意思？」

【いわゆる神様のようなものかな。人が運命と呼ぶもの。仏教徒的にはあり得ないものだけどね。因果《いんが》のほうがまだマシか】

「決まってたってこと？」

【そう。でも、結果は変わらないけれど、結末に至るまでの道筋は選べたんだ。この世界は可能性が分岐した先の世界の一つだ。もっとひどい死に方や、残していく人たちを不幸にしてしまう死に方もあったからね。それだけは、そういう未来だけは回避したかった】

「いつから知ってたの？　奥の院に笹舟のメモを置いたのは聡士君でしょう？」

あの奥の院が最後に開いたのは三年前だ。聡士が死んだのはその年の年末。メモが置かれた時期は、死の半年近く前になる。

つまり、聡士はそんな時期から自分の死を予期していたということになる。

【そうだね。あの頃にはもう気づいてた】

「じゃあ――」

【でも、まだ僕が生きている未来はあるって思ってたんだ。笹舟は保険のつもりだった。だから伊織との約束、破るつもりじゃなかったんだよ。今年も一緒に奥の院に行くんだって思ってたんだ……あのときは、まだ】

ごめんねと言うように聡士が謝罪する。

彼の言葉で、伊織の鼻腔《びくう》に緑の匂いが蘇った。

あのときならまだ何か変えられたのだろうか。だが、それはもう過ぎたことだ。あの時間に戻れるなら話は別だが、伊織にそんな力はない。道理を超えて、奇跡を起こすような力は。

ああ、そういえば……と伊織は思い出した。

「あの文字が変だったメールも、聡士君が送ってくれてたんだよね？」

一部しか読めない謎のメール。

最初こそ不気味に思っていたが、途中からは聡士が送ってくれたものだろうと考えるようになっていた。ほぼ確信していた。

【ああ。あれも、今のようにリアルタイムで送っていた】

「どうやって？」

【僕が今こうして言葉を送れているのは、僕が創った『ＲＥＮＯ』の力だ】

「レノ……？」

【Returning Essence on Network Observation-system ――通称ＲＥＮＯ。伊織が起動したスパコンの中身さ】

聡士が肩越しに須弥壇を振り返る。

金属製の黒い筐体は、やはりスーパーコンピュータだったらしい。

【このＲＥＮＯを搭載したスパコンは、伊織が起動するまでスリープモードのような状態だった。そして誰にも見つからないように、ネットワークから切り離してスタンドアロンにしてい

たんだ。でも唯一、外部からアクセスできるものがあった……それだよ】

聡士が指差す先は伊織の手元だ。

そこには彼のスマホがある。

画面が割れ、今にも剝がれ落ちそうな状態を見て、聡士が【壊れてなくてよかった】と言った。

【電源もGPSもオフにしてたから、スマホは誰にも奪われないって自信はあったんだけど、打ち所が悪ければ使えなくなってたからね。ちゃんと伊織の手に渡ったときはホッとしたよ。父さんと母さんに感謝しなきゃな】

聡士が外に視線を向ける。

宗安と聡子も、外からこの光景を見ているのだろうか。伊織のいる場所は眩しすぎて、外の様子は分からない。ただ、人々のざわめく声が聞こえるのみだ。

「このスマホに何をしたの？」

【そのスマホはあくまで窓口のようなものでね……伊織が僕のスマホを起動したことで、僕はスマホの電波受信チャンネルを介してRENOにアクセスできるようになった。イレギュラーで限定的なアクセスだったから、メールは送れたものの文字化けした状態になってしまったけどね】

「ええと……」

【理解できなくてもいいんだよ】

聡士がクスリと笑う。

その反応に悔しさを覚えて、伊織は昔のようにムッとした。

けれどそれは一瞬だ。今は彼のそんな反応がまた見られたことが嬉しい。

【RENOは伊織の願いを叶えるために創ったものなんだ】

そう言った聡士の表情は、柔らかな優しさで満ちていた。

伊織は思い出す。小さい頃、青春時代、この表情を何度も見たことを。

「私の願いって……『おじいちゃんに会いたい』？」

【そう。小さい頃、じいちゃんが亡くなって泣いていた伊織を喜ばせたくて、じいちゃんにまた会わせてあげられないかなって考えたのがきっかけでね。こうして完成させたんだ】

「そんな……。私のためにこんな大掛かりなこと」

【でも、結果的に伊織の願いではなく、僕の願いを叶えるものになってしまった】

喜んだ伊織に反して、聡士の表情が曇る。

【伊織とこうして話したい……。そんな僕の願いのために起動して、伊織を危険な目に遭わせてしまった。本当にごめん】

「い、いいよ。だって、私だって聡士君と話したかったし」

【別れも言わずにあんなことになってしまった。伊織を苦しめてしまったよね。でももう楽に

なってほしいんだ。だから忘れていいんだよ。僕のことなんてさ】

「そんな、忘れられないよ。忘れられっこ、ない……」

これから何年、何十年と経っても。

人生が前に前に進んでも。命の残り時間がわずかになっても。

「ずっと覚えてるもん。あなたのことが好きだって気持ち……忘れるなんて、無理」

きっと、どれだけ時間が経っても、忘れることはない。

昨日のことのように、たった一瞬前のことのように、一緒に過ごしたことを思い出す。自分が覚えた感情の全部を鮮明に覚えている。今だって、文字だけのメールを前にして、耳の奥で彼の声がはっきりと蘇っているのだ。触れた手の温もりも、匂いも、全部まだ残っている。

それくらい大切な人だったのだから。

忘れていいと言われても、忘れろと言われても、そんなのは無理だ。

【そう言ってくれるの、僕も嬉しいよ。でも、困ったな……】

「困る必要なんてない！　だって、忘れる必要なんてない――ほら！　聡士君が創ったこのシステムがあれば、いつでも会えるんだし！」

たとえ肉体がなくたって、それでも一緒にいられるのならそれでいい。

そんな風に前向きに言った伊織に、聡士は悲しげに首を横に振った。

【伊織。それは無理なんだ】

絞り出すように聡士は言った。

伊織は呆然とする。

「そんな……どうして？」

【僕が創ったシステムはね、こんな風に生者と死者が会話をできるようなものではなかったんだ】

「え……？」

【僕が想定していたのは、死者の記憶に触れるだけのものだった】

聡士が周囲を見渡す。

その視線の先には、光の渦《うず》を構成していた数多の映像が並んでいる。

法川寺本堂の空間いっぱいに浮かんだそれは、寺本聡士の生前の記憶――死者の記憶だ。

【生前の記憶を保存しておいて、そこにアクセスする。死者との疑似的な再会を可能にする……ただ、それではまだ生きている人にしか使えない。だから僕は、死者の記憶を集める人工知能を創った。記憶とか心とかを形作る、見えない何か……そういう残留思念のようなものがあるって僕が昔から考えていたのは、伊織も覚えてる？】

「うん。何度か話してくれたよね？」

【研究したところ、どうやら持ち主が死んだあともこの世に残り続ける物質が本当にあると分かった。この物質をXとする。で、僕の創ったＡＩは、インターネットで掴まえたそれを収集

するんだ】

「インターネットって、あのインターネット？」

パソコンやスマホを接続して、検索をしたり、メールやメッセージを送ったりするときに使う、あのネットワークのこと？

伊織の疑問に聡士は首肯《しゅこう》する。

【電子的な情報通信網は見えない電波の網だ。電波と物質Xは親和性が高くてね。それで、インターネット上に物質Xが漂っていることも分かった。あとはこれを集めて、生きていた頃の姿に成形する】

その説明に伊織はピンと来た。

聡士が生前に言っていた言葉を思い出す。

「見えないものを、見えるように？」

【そういうことだね。そしてそれは、現段階では魂とは似て非なるものだ……ただのメモリー、データの塊でしかない。つまり、亡くなった人そのものではないんだよ】

聡士の言葉に伊織は思い出した。

黒服たちの監禁から助けてくれた月岡が言っていた。聡士の研究は『VRの空間に死後の世界を映す。そのために記憶を電子化する』ものだと。

仮想現実——それはつまり、現実ではないということだ。

そこまで考えて伊織はハッとした。

「で、でも、じゃあ聡士君は？　こうして話してるのに、聡士君じゃないって言うの？　あの世とこの世が繋がってるって、嘘なの？」

目の前に彼がいる。メール越しだが確かに会話も成立している。

再会できているとしか思えない。

だが、聡士の創ったシステムでは、死者との再会は成し得ないことだという。

では今の状態は何だ？　この尊い時間は紛い物だというの？

【いいや】

伊織の疑念を否定したのは聡士だった。

彼は首を捻《ひね》りながら困惑した様子で口にする。

【繋がっているんだ。どういうわけか……あり得ないことが起きてる。僕にも分からないんだよ】

「あり得ないこと？」

【そう。言ってしまえば、これは奇跡。再現するのはほぼ不可能な現象だ】

「どうして、そんなことが」

【分からない……でも、そうだな。共振という現象がある。あの世とこの世で、伊織と僕の気持ちが共振した結果、互いの周波数が同調して繋がったのかもしれないね】

冗談を言うように聡士が笑みを浮かべた。

そんな彼に伊織はうなずく。聡士が分からないのなら、自分には分かるはずもない。ただ奇跡の時間に感謝しようと思った。

「ねえ、聡士君。輪廻転生はあるの？」

【言っただろ。僕の家はお寺だから、無いとは言えないって】

「あの世に行っても分からないものなの？」

【そうだね。人は体験したことしか本当の意味では分からない。そして、僕はまだ転生していないからね。地縛霊《じばくれい》みたいなものだよ】

「ずっとそばにいてくれるなら、成仏《じょうぶつ》してほしくないな」

駄々をこねるような伊織の反応に、聡士は苦笑した。

そんな彼の様子に伊織は頭を振る。

「……嘘。成仏してほしい。私、聡士君にまた会いたいもん」

伊織の本心だった。

自分だっていつか死ぬ。

それがいつかは分からないが、命の枠に収まる存在である限り必ず訪れる結末だ。

だから、どこかでまた聡士に会える。そう信じることにした。それが天国でも地獄でもいい。

来世でも……そういう世界が、未来が、きっとどこかにあるはずだ。

大祭の夜に再会できたのだ。

七夕とお盆が融合したこのお祭り。

夜空には天の川が流れている。

この町にとって七夕は今日だ。

織姫と彦星は今年は逢えたのだろうか。

私たちが二年半ぶりに再会できたように。

御法川は彼岸と此岸を分ける三途の川。

同時に、恋する二人を隔てる天の川。

いつか私たちも、必ず一緒になれる。

そう伊織は信じたかった。

【伊織。想像できる願いは叶う可能性があるものだ。だから、願うなら、きっとそれは存在するものだよ】

聡士の言葉に、伊織は「そうだね」とうなずいた。

それなら願うことにしよう。いつか、どこかで、姿や形を変えても、また聡士と出会えることを。

聡士の姿が揺らいだのはその瞬間だった。

「聡士君、身体が……」

【うん。奇跡の時間が終わるみたいだ】

薄くなった自身の身体を見て、聡士が小さなため息をつく。

それから彼は伊織を見つめた。

【伊織、最後に一つ頼みたいことがある。決めてもらいたいんだ】

「決める？　何を？」

【RENOは伊織のために創ったもの。だから任せたい。僕の研究の成果であるこのシステムの行く末を。RENOを残すか、抹消するかの選択を】

その言葉に伊織は狼狽えた。

「どうして、そんなこと……それに、消すって、どうして？　聡士君が創ったものなのに？」

消さなきゃいけない理由があるというのか。

伊織の問いに聡士は静かにうなずいた。

【このシステムを介して、生者は死者の記憶に触れることができる。悪事を暴くことにも使えるだろうけど、悪用もされるだろう。利便性の良し悪しは表裏一体だからね。故人の記憶を使った犯罪は容易に想像できる。それだけじゃない。無作為に集められた記憶は、死者のものか生者のものかの区別がつけられない。少なくとも現状では無理だった。

僕がこの研究をクエスタリア社に渡すのを拒んだのは、悪用しようとする者がいたからだ。それでも僕が消去できなかったのは、この研究が僕自身みたいなものだったから……僕は僕自

身を消せなかった】

「そんなの、私だって同じだよ！」

伊織は叫ぶように言った。

最初から選択するまでもない。考えるまでもないことではないか。

「私は、聡士君の努力を否定したくない！

聡士君が生きた過去の結晶みたいな研究だもん。消したくなんてないよ。それに、悪用とか犯罪とかは、技術じゃなくて、使う人間の問題だよ。そんなの、これから技術を使う生きた人間が判断していけばいい。聡士君が悩むことじゃない」

捲《まく》し立てるように伊織は言った。

亡くなったあとまで世界のことを心配し続けている彼の優しさが、もどかしかったのだ。もう十分、彼は考え尽くして悩み抜いたはず。もう静かに休んでいいはずなのだ。

聡士はしばらくうつむいたあと、ふっと笑顔になった。

【さすが伊織だ。僕は考えすぎていたのかもしれないな】

「どうせ考えなしですよ。私、聡士君みたいにいろんなこと考えられないもん」

【いや。簡潔で明瞭な、いい考えだよ……うん。伊織の言うとおりだね】

納得したようにうなずきながら、聡士は嬉しそうに微笑んだ。

【僕は、このシステムを創るに至った研究データ、それをネットの海に流そう。結果、世界は

形を変えるはずだ。混乱も小さくないと思う】

「うん」

【生み出した者として、どういう世界になるのか観測していたい。でも、僕は伊織にまた会うために成仏する。もうメールも送れなくなるし、無責任なことを言っていくけど】

「うん……」

【僕の代わりに、未来を見届けてほしい】

「うんっ……」

伊織の目に涙が浮かぶ。

目の前の聡士の姿がもうほとんど空気に溶けている。

ああ、本当に逝《い》ってしまうのだ。もう、この聡士とは会えないのだ。

そう思うと涙が勝手に湧き上がってくる。見送る最後の瞬間に泣いてはダメだと思うほどに、胸が、喉が苦しくなって、堪えようとするほどに嗚咽が迫り上がってくる。

直後、聡士の姿はもともと何もなかったかのように、唐突に消えた。

同時に、本堂に満ちていた光が天井の一点に小さく収束してゆく。

そのとき音が鳴った。

メールの着信音ではない。鳴り続けている。電話だ。

「な、なに、こんなときに――」

伊織は画面の表示を見て言葉を失った。
信じられない気持ちで画面を操作し、通話の状態にして耳に当てる。
『伊織？　ああ、よかった繋がった』
聞こえてきた声に伊織の目から涙が零れ落ちた。
ポロポロ、ポロポロ、止まらない。
『泣かないで。伊織を泣かせたくて電話したわけじゃないんだから』
「だっ、て……聡士君がっ……声……なんでっ……」
喘《あえ》ぐように伊織は声を絞り出す。
スマホから聞こえてきたのは紛れもない聡士の声だった。
ずっと聞きたかった声だった。
文字だけでも嬉しかった。
でも、この優しく響く声が恋しかった。
どうか一声でもいいからと、いつか乞うように願った声だった。
奇跡だ。
「聡士君、おかえりなさい……」
涙に濡れる伊織は、そう言うのが精いっぱいだった。
『ごめんね。たくさん話したいけど時間がない』

申し訳なさそうに聡士が言う。

説明する時間も、もう残されていないのだろう。

伊織は跳ねる息を抑えながらうなずくしかできない。けれど、彼はそれもどこかから見ているのだろう。今なら伊織にも分かる。見えなくても、そう信じられる。

『伊織、ありがとう。研究だなんだってやっていたけれど、僕は最初から君の幸せな顔が見たかった。だから、笑っていて。そして、どうか幸せになってほしい。それと、あの日、未来に自信が持てなくて言えなかったことだけど……』

穏やかなそよ風に似た優しい声が囁く。

一言も聞き逃すまいと、伊織はうなずきながら意識を耳元に集中させる。

聡士の言葉は、これまでの伊織のすべてを肯定するようだった。

『好きだよ。愛してる』

そして、それは伊織の言葉も同じだ。

「うん、私も。愛してる」

溢れ出した涙が、流れ星のように落ちてゆく。

彼との別れが悲しい。けれど、想いが通じ合って嬉しい。あべこべの感情が混じり合って、止まらない涙の川になる。

大祭の夜に、七夕の夜に、おかえりと言えてよかった。

ずっと胸の奥につかえていたものが取れたようだった。
伊織が声を上げて泣いたのは、耳元から彼の気配が完全に消えてからだった。

エピローグ

一ヶ月後、東京――

都心にはまだまだ夏の熱気が残っている。それでも朝晩には涼しい風が吹き始め、街行く人々にも長袖の姿が増えてきた。

そんな風に、少しずつだが秋の気配が出てきた中で、テレビやインターネット上では連日同じニュースが続いていた。

『若者を中心に人気を誇るダンサー・Ｌｕｃａ。彼女がとある町の夏祭りでシークレットライブを行うということで、直前に情報を入手した報道関係者たちが向かいます。舞台は寺の境内。ライブは幻想的な雰囲気で集まった観衆を魅了します。ところが――』

「お待たせ」

夕暮れのカフェの中、窓際の席で一人スマホの画面に流れるニュースを観ていた伊織は、その声に顔を上げた。

やってきたのは知的な印象の美女だ。

明るい光の下ではっきりと顔を見るのは今日で二度目である。伊織は片耳に着けていたイヤホンを外し、ニュース動画の再生を止めて挨拶した。

「いえ、わざわざありがとうございます。月岡さん」

「休憩を兼ねてるから平気よ」

伊織の隣に座ったのは、あの夏祭りの夜に助けてくれた聡士の後任研究者だった。

諸々が収まったあと、伊織のほうから連絡を取ったのだ。

「あの、会社のほうは大丈夫ですか？」

「だから私、社員じゃないんだって。あなたの幼なじみと同じ、臨時の研究員なんだから……ってていうか敬語じゃなくていいよ。この前は時間がなかったから話せなかったけど、そもそも私、あなたと同い歳だし」

「え……そうだった、の？」

敬語になりかけながら首を傾げた伊織に、月岡は「そうよ」とつぶやいた。

聞けば彼女は、聡士が受賞した翌年のクエスタリア社ビジネスコンテストの準大賞受賞者なのだという。だが、聡士の研究チームに配属された。彼のアイディアの結実が最優先とのことで、月岡の研究アイディアは保留にされていたという。

「『君は賢いけど協調性がない』だって」

エスプレッソを飲みながら、月岡が零した。

急に言われて、伊織は目を瞬く。

「それを身に付けるために寺本のチームに入れって言われたのよ。彼のコミュニケーション能力を見習えって。他人に心を開け、思考を共有しろって。っていうか勉強一筋で何が悪いのよ。自分への投資でしょ？　実質寺本一人で研究して、そのデータまで持ち逃げされたんだから、上は見る目ないわよね」

愚痴交じりの月岡の話に伊織は思わず考え込んだ。

聡士が他人に心を開いていたかというと、何かが違う気がしたのだ。

彼は、むしろ他人とは決して理解し合えないと思っていた人だ。人と違う考え方をしていることに悩んでいた時期もあったし、人の中に溶け込もうと努めては疲弊していたはずだ。

「ごめんなさい。余計なことをベラベラと……」

「ううん。聡士君は外からは完璧に見えたんだろうね」

伊織の言葉に、月岡が意外そうに目を見開く。

「あなた、けっこう話が分かる人間なのね。寺本が心を開くわけだわ」

月岡は納得したようにふっと笑う。それから、思い出したように向き合った。

「持ってきたわよ」

そう言って月岡は鞄《かばん》の中からポーチを取り出した。

伊織は受け取り、中を確認する。

そこにあったのは聡士の遺品のスマホだ。

夏祭りの夜、聡士の遺したスーパーコンピュータを起動するためのキーとなった物。それを伊織は月岡に渡していたのだ。

夏祭りの夜以降、聡士のスマホはさっぱり動かなくなってしまった。修理に出そうにも特殊なものなので、メーカーや普通の修理業者に任せるわけにもいかない。

そこで事情に詳しい月岡を頼ることにした。

クエスタリア社の人間ではあるが、彼女は正式な社員ではないし、なにより拉致された伊織を助けてくれた。

あのときは詳しいことを訊いている余裕はなかったが、伊織には彼女が信用できる人に思えたのだ。聡士と同じ匂いがする。研究者として、ただ真実を追い求める純粋な人なのだろう。

クエスタリア社に問い合わせると、月岡とはすぐに連絡がついた。スマホの修理もできるだろうとのことだったので、彼女に見てもらっていたのだが——

「結論から言うけど、これ、完全に壊れてたわ」

月岡がため息交じりに言った。

その言葉に、伊織は呆然とテーブルの上のスマホを見つめる。

「そっか……」

「データのサルベージもできないか試してみたけど、さっぱりだった。役目を終えたからって自爆する何かみたい。お手上げ」

「スパコンのキーとしても使えないってこと？」

「使えない。これはもう、寺本の形見としての意味しかないわ。だから、あなたが持っていればいいんじゃない？　じゃないとクエスタリア社が記念品だとか言って展示し始めるわよ」

冗談のような話ながら月岡は真顔だ。

テーブルの上に載せられたスマホを、伊織はそっと取り上げる。

画面がボロボロで、どこか褪せていて、あの夏祭りの夜まで動いていたようには見えない。

「っていうか、伊織さん。何があったのか詳しく教えてよ」

「何がって……」

「夏祭りの夜、私と別れたあとのこと。もっと言えば、法川寺の本堂で起きていたこと」

「あれ、会社から情報の共有ってないの？」

「上はこっちに共有を求めるくせに、下りてくる情報は穴だらけ。だからってニュースとかいちいち精査するのも時間が惜しいし、本人とコンタクトが取れるなら直接話を聞いたほうが早くて正確でしょ」

「そうだね。ええと、ちょっと信じられない部分もあるかもだけど……」

伊織は、あの晩の出来事を月岡に話した。

聡士の研究はすでに完成しており、その研究の成果物であるスーパーコンピュータの起動に成功したこと。そして本来であればあり得ない、あの世とこの世との間で会話が成立していたこと——

「なるほど。あなたの話、だいぶぶっ飛んでるけど、面白いわ」

伊織の話を聞いた月岡の第一声がそれだった。

その反応に伊織はポカンとする。

「って、何その顔」

「あ、ごめん。意外だったから」

「非科学的だとか言いそうだと思った？」

「うん」

「科学って、そういう奇跡を解き明かすものだしね」

月岡の言葉に伊織は納得した。

確かに聡士もそうだったと思い出す。そして彼が奇跡を解き明かす過程で、奇跡を起こす何かが生まれていたのかもしれない。

「面白くないのは寺本よ」

と、月岡が口を尖《とが》らせて言った。

「あの人、私が研究の後継に選ばれて、このスマホを一時的に手にした結果、伊織さんを手助けするっていうところまで読んでたんでしょうね。なんでも分かってたみたいで本当に腹が立つ……絶対に超えてやるんだから」

月岡は心底憤慨しているようだ。

しかしその目はどこか楽しげである。

月岡は改めて伊織を見つめると、口元に笑みを浮かべてつぶやいた。

「伊織さんも応援してよ……って言っても、幼なじみを超えられたくないかもだけど」

「ううん、応援するよ」

「あら、いいの？」

「うん。聡士君を超える研究、紫月さんに期待してる」

自分の言葉に、伊織は内心で驚く。

だが、聡士ならそれを望むだろうと思った。だから自覚するより先に言葉が自然に出てきたのだろう。

伊織の声援に「任せて」と月岡は口角を上げた。

そうしてエスプレッソを一気に飲み干した彼女は「またね」と言って足早にカフェから出ていった。自分の研究を前に進めるために。天才を超える天才になるために。


ふたたび一人になった伊織は、自身のスマホを手にする。

月岡が来る前に観ていたニュース。それをふたたび再生した。

『――暗転した直後、寺の本堂の中から、突如として眩い光が溢れました。当初ライブの演出だと思われましたが、後に映像を確認したところ、実はこの光は無数のホログラム映像でした。

しかも、その中に衝撃的な映像が紛れていたのです。さらにその映像は、同時刻にインターネット上で拡散されていました。その映像がこちらです』

法川寺の境内を映していたニュースが映像を切り替える。

映し出されたのは、ある男が誰かを恐喝していると思《おぼ》しき姿だ。音声はない。その醜く歪んだ顔が大きく映し出される。

『動画に映るこの人物は、クエスタリア社の副社長・山浦潤一です。

この映像は、天才少年として全国的に名を轟《とどろ》かせながら二年八ヶ月前に社内で遺体が発見された寺本聡士さんが撮影したものと見られ、警察は当時事故として処理された寺本さんの殺害容疑で山浦を逮捕しました。この不祥事に際し、クエスタリア社の社長・稔山正大氏は記者会見を開き――』

天才の死の真相と、大企業副社長の関与――先月から世間はこのニュースで持ち切りだった。

伊織はぼんやりと、その動画を眺め続けた。

あの夏祭りの夜。伊織が聡士と再会していたあの瞬間。

伊織の認識の外では、同時に別の出来事が進んでいた。

ある映像が、突然インターネット上で拡散され始めたのだ。

ある人物が死に至るまでの本人視点で撮られたような映像は、惨《むご》たらしい結末に至りながらも、本人の視点であったため映っている事象自体に残虐性は少なく、結果、規制の網を逃れて広まり続けた。

その映像が、謎の事故死をした天才・寺本聡士の視点で撮られたものだと特定されるのは一瞬だった。そして、映像の中で聡士を死に至らしめた男が、クエスタリア社副社長の山浦であるということも……。

音声はなかったが、山浦が恫喝《どうかつ》していると伝わる映像だった。その口の動きから「研究データを渡せ」と言っていることも判明した。

そして、聡士が頑《かたく》なに研究データを渡さなかったことから、山浦は強奪することにしたのだろう。

研究の一環で作られていた、記憶を保存するために読み取る装置の試作機。

山浦は、抵抗する聡士を動けない状態にして、彼の頭にその装置を着けて記憶を読み取ろうとした。聡士の頭の中から研究に関する記憶を引き出そうとしたのだ。

だが、その企ては失敗し、聡士は錯乱状態に……階段から転落してしまった。聡士が一人で階段から落ち、受け身も取らずに亡くなった真相だった。

その衝撃的な映像は瞬く間に広がった。

警察をはじめとした調査機関の鑑定により、映像は本物であることが判明した。

しかし、この映像が最初にどこからアップロードされたのかは、不思議なことに特定できなかったという……


山浦が逮捕されたことで、伊織の身も安全になった。

山浦が黒服たちに伊織を執拗《しつよう》に追わせていたのは、彼が気づいていたからだ。

あの世とこの世が繋がれば、聡士を殺害したことが明るみに出てしまう。だから山浦は、研究データを回収する以上に、他者の手に渡るのを阻止したかったのだ。それは皮肉なことに、山浦が聡士の研究の可能性を誰より信じていたからに他ならない。

ため息をついて、伊織は窓の外を見つめた。

夕暮れの時間が短くなってきているのが分かる。夏が遠ざかっていく。

スマホの画面の中では、記者会見の映像が流れている。

『私は、亡くした最愛の娘に会いたいという自己利益、エゴのために、寺本君の研究を支援しました。その結果、才能ある若者の命を奪ってしまったのです。本当に取り返しのつかないことをしてしまった。申し訳ありません……』

クエスタリア社の社長・稔山が山浦逮捕の折に開いた記者会見の映像だ。

稔山は謝罪と同時に退任の意向を口にした。

しかし、これはここ数日のうちに撤回されている。

稔山の事件への関与を疑う声もあったが、社内の引き留めが強かった。それだけでなく、彼が投資してきた若者たちの声が大きかったのだ。これからも未来に向けての投資を続けてほしいと。

『罪滅ぼしとして、今後も若い才能の発掘と支援に努めてまいります』

稔山の結びの言葉でニュースが終わる。

伊織は動画アプリを閉じると、スマホをバッグの中に突っ込んだ。

聡士の研究成果であるスーパーコンピュータは、現在クエスタリア社に保管されている。聡士の両親である宗安と聡子が、社長続投を表明した稔山の記者会見後に寄贈したのだ。二人は、先の稔山の言葉を信じたのだという。

だが、スーパーコンピュータは、中を覗くまでにしばらく時間がかかる見込みだ。キーであるスマホが壊れてしまったからである。恐らく、他の人間がRENOを再現するほうが早いだろう。

というのも、聡士の研究データが世界中にシェアされているからだ。

夏祭りの夜、拡散し続ける映像の後を追うように、聡士の研究データは瞬く間にネット上で広まった。それを世界中の技術者が拾い、すでにシステムの再構築を目指している。予測されるシステムの悪用を防ごうと、世界各国で法整備も始まった。

聡士が言っていたように、世界はその姿を変えようとしている。

そんな世界の変化の気配に、伊織も変わりたいと思った。

そのとき、メールの着信音が聞こえた。

たったいま仕舞った伊織のスマホが発した音ではない。カフェの中にいる他の誰かから聞こえてきた音だ。

その音で伊織はふと思い出した。

ふたたびスマホを取り出して画面を操作し、メールボックスを開く。

あの世から聡士が送ってくれていた文字化けしたメール。夏祭りの衝撃とその後の落ち着かない日々のせいで見返すこともなかったそれを見るために。

「まだ残ってる……あ」

最後に届いた一通から開き、伊織は目を瞬いた。

呪詛のような漢字や記号だらけだったメールが、なぜか読めるようになっていたからだ。

【思い出してくれて嬉しいよ。電源ボタンは右手にある。起動後、僕のスマホに自動で接続されるから、画面にパスワードを入力して欲しい。それで繋がるから。】

それは須弥壇の中にスーパーコンピュータを見つけたときに届いたメールだった。

「嘘。ってことは他のも……」

驚いて、伊織は次々とメールを遡るように読んでゆく。

【計算機と伝えてくれ。彼女なら、きっとそれで理解するはず。】

これは、月岡と逃げていたときに届いたメールだ。

【君は狙われている。】

【今はだめだ。一人で家に帰るのはまずい。】

【頼む。気づいてくれ。】

【後ろを見ろ。尾行されてる。】

【今すぐ逃げろ。そこにいるのは危ない。】

五月雨《さみだれ》のように何通も送られたメールは、家に黒服が入り込んできたときのものだ。

「こんなにたくさん送ってくれたのに、全然気づかなかったんだよね」

【文字化けの規則性を見つけたから、このメールの肝心な部分はきっと読めるはず。鏡の裏を覗いてみて。】

これは、奥の院で届いたメール。

どうしてこんな回りくどいメールをと、あのときの伊織は思ったものだ。

しかし、その後の出来事を経た今なら、彼がハッキリとした答えやヒントをあえて記さなかった理由が分かる。

【今回のメールは前よりも読めるかな。そこには、僕が見られて困るものはないから安心して。引き出しの中身は役に立つかも。研究のこと直接教えられなくてごめん。】

これは、聡士の部屋に入り、何か遺されていないか探そうとしたときのメールだ。

このメールで、文字化けした謎のメールが聡士からのものではないかと思うようになったのだった。

【どうやらメールは届いたみたいだね。でもやっぱり一筋縄じゃいかないみたいだ。もう少し待ってて。】

夏祭りの準備に駆り出されたときに届いたメールだ。

着信拒否しようとしたができなくて、呪いのメールではと疑ったりした。

思い出して、伊織は思わずクスリと笑う。

【久しぶりだね、伊織。このメールは君に届いただろうか。もし届いたなら、僕の研究が成功したということになる。とりあえず、これはテスト送信だ。また連絡するよ。】

最初の一通を見て、伊織は胸がいっぱいになった。

これが奇跡の始まりだったのだ。

だが、あとからこうして見返すまで、それが奇跡だとは分からなかった。

事象の繋がりは、得てしてそういうものなのかもしれない。全体が揃って、俯瞰《ふかん》して見て、初めて何だったのか分かるのかもしれない。

人の人生もきっと同じなのだろう。

最初のメールが届いた日、伊織は凪と漣と飲み会をしていた。そこで自分たちは何かを諦めながらここまで進んできたと話した。自分たちはいろいろなものを手放して前に進んできたらしいと。

だが、そのあとに何を手に入れたかは、進んでみないことには分からない。

欲しかったものを手に入れるかもしれないし、思ってもいなかったものを得ることもあるだろう。

そして、それまでの自分が変わる瞬間もあるに違いない。

伊織は変わりたいと思っている。

あの夏祭りの夜、聡士からの通話が終わったあと、伊織は赤子が泣きじゃくるように声を上げて泣いた。人が見ていようと関係なかった。だって、心が抑えられなかったから。

けれど、そのおかげで越えられたのだと思う。

大好きな人の死を。

そこで立ち止まり続ける自分を。

もちろん一瞬ですべてが変わるわけではない。

それでも、今の自分から変わりたい。

少しでも。少しずつでも。

＊

時間は、人の気持ちなどお構いなしに過ぎていく。

ただ、その抗《あらが》いようのない強い流れのおかげで、人は前に進もうとするのだろう。世界に取り残されないように必死に歩むのだろう。

たとえその世界から大切な人が欠けてしまっても、大切な人が残してくれた思い出が、時を経て欠けた部分に嵌《はま》る形へと変わり、傷を癒してくれることもある。そしてその傷痕は、悲しみを乗り越えた強さの証になる。

あの夏祭りから一年。

伊織の心はまだ完全には癒えていない。

けれど、着実に前に進めるようになっていた。

それは聡士が残してくれた思い出のおかげだ。

彼と過ごした時間が、ふとしたときに立ち止まりそうになる背中を押してくれていた。


法川寺で夏祭りが行われる日。

伊織は聡士の墓の前にいた。

今年も夏祭りの準備を手伝おうと帰省していたのだ。

そんな伊織の隣には、スーツ姿の男が並んでいた。

この町の夏祭りは、死者の魂が還ってくる日である。

彼は聡士の墓参りにやってきた。伊織と一緒に参りたいと連絡をしてきたのだ。

伊織はその申し出を快諾《かいだく》し、今ここに二人で立っている。

「この霊園にＲＥＮＯをか……。なるほど、面白い」

伊織からの提案に、男――クエスタリア社社長の稔山は感心したようにうなずいた。

一年間、伊織は考えた。

自分のこと。聡士のこと。自分にできること。聡士のためにできること。彼が残した人たちのためにできること。彼が残した世界のためにできること。

そうして、伊織は一つの答えにたどり着いた。

近年、この国では墓地を巡る問題が大きくなりつつある。

大都市では、人口に対する墓地の不足問題が。

そして田舎では、墓参者の減少による墓地の維持管理問題が。

どちらも別物のようで、土地に起因する深刻な問題という点では同じだった。

そこで伊織は、ＲＥＮＯを使ってその問題を解消できるのではと考えた。

都市部では納骨の代わりに記憶を保管する。田舎では墓地にバーチャルな死後の世界を作って墓参者を誘致する。疑似的にでも故人に会おうとして人が訪れるのを期待しての案だ。恐らく、墓地という概念が、よくも悪くも一変するだろう。

だが、すでにＲＥＮＯは聡士の研究データを元に世界中で試作機が造られていた。これが人々の生活を変えていくのは時間の問題だ。そして一年前から繰り返された法整備により、人々も変わる世界を受け入れる心の準備ができてきたようだった。

「聡士君のご両親も、あのご様子だと前向きなのだろうね」

稔山の言葉に、伊織は「ええ」とうなずいた。

稔山に直接話すように橋渡しをしたのは、他でもない聡士の両親・宗安と聡子だ。二人とも、RENOを墓地に活用するなら協力すると言ってくれている。

「そうか……。我が社の研究員の努力で、ちょうど聡士君のスパコンが使えるようになったところなんだ。きっと、そういう因果なのだろうね」

感慨深げにつぶやき、稔山は「検討しよう」と聡士の墓に向かってうなずいた。

彼は娘を亡くしている。

彼が娘にもう一度会いたいと願ったことが、今回の事件の発端でもある。

このシステムが構築されれば、彼の願いも少し叶うだろうか。

稔山は聡士の墓から一歩退《しりぞ》くと、横にいる伊織を静かに見つめてきた。

「小川さん、時に、就職先はもう決まっているのかな」

「え？　いいえ、恥ずかしながらまだ……」

「プロジェクトを立ち上げる場合、できれば君にも参加してもらいたいと思っていたんだ。大切な人を追いつめた私が言うのもなんだが、どうだろう？」

「そんな……」

「アイディアを最初に思いついた君以上に適任はいないと思ってる。受けてもらえないだろうか」

稔山は伊織に柔らかく微笑みかけたあと、「ゆっくり考えてほしい」とつぶやいてその場から去っていった。

彼の背が見えなくなるまで見送ったあと、一人になった伊織は聡士の墓に向き直る。

「聡士君、これでいいよね？」

答える声はない。

あの世からのメールも、もう届かない。

ただ、真夏の日差しを遮る木陰に、人を涼ませ、風鈴を鳴らし、笹の葉を揺らす穏やかなそよ風が吹くだけだ。

でも、大丈夫。ゆっくりでも先に進むことはできると知っているから。

過去が自分をその場に縛りつける足枷《あしかせ》ではなく、背中を押してくれる風になったから。

教えてくれて、ありがとう。

心の中でつぶやいて伊織は聡士の墓に背を向ける。

そうして一歩、前に踏み出した。

そのとき、音が鳴った。
電話の着信音でもなく、メッセージアプリの通知音でもない。メールの着信音だ。
不思議に思いつつ、伊織はメールボックスを一年ぶりに開ける。
その文面に、伊織は満面の笑みを浮かべるのだった。

本書は書き下ろしです。

著者略歴

三萩せんや（みはぎ・せんや）
1985年宮城県生まれ、埼玉県在住。2014年に第7回GA文庫大賞奨励賞、第20回スニーカー大賞特別賞、第2回ダ・ヴィンチ「本の物語」大賞を受賞しデビュー。主な著作に「神さまのいる書店」シリーズ（KADOKAWA）、「後宮妖幻想奇譚」シリーズ、「魔法使いと契約結婚」シリーズ（いずれも双葉文庫）、ノベライズに『小説 夜明け告げるルーのうた』（湯浅政明原作 KADOKAWA）、『弱虫ペダル』（角川文庫）などがある。

七夕《たなばた》の夜《よる》におかえり

2021年10月20日　初版印刷
2021年10月30日　初版発行

著者　三萩せんや
発行者　小野寺優
発行所　株式会社河出書房新社
〒151-0051　東京都渋谷区千駄ヶ谷2-32-2
電話03-3404-1201（営業）　03-3404-8611（編集）
https://www.kawade.co.jp/
装画　黒星紅白
デザイン　野条友史（BALCOLONY.）
組版　株式会社キャップス
印刷・製本　株式会社暁印刷

ISBN978-4-309-02995-5　Printed in Japan